那些忧伤的怪兽

零杂志 & 押沙龙 编

上海文艺出版社
Shanghai Literature & Art Publishing House

目录

安河泼水怪

郑然

安河泾水怪

1

安河泾是离我住的地方最近的一条河流，它是长江一股不知名支流的一个分支，那些卷起河底泥沙的江水不停地运动着，顺着存在了几个世纪的河道、沟渠、山涧和瀑布不知疲倦地往前流去。你知道的，但凡是这种无人问津的河流都会被染成浑浊的颜色，漂浮着绿藻和垃圾。安河泾也是如此，它与上游那些注定要流进大海的水脉不同，它平静沉默，像一潭死水（实际上它仍在缓慢地流动），就像所有庞大纷繁的家族总有几个被人遗忘发臭腐烂的私生子一样。作为源头的长江从诞生以来，它的私生子便遍布整个陆地，这其中你无法知道里面藏着多少秘密。

河上有一座桥，他们给它取名叫“安河泾桥”，再没什么比用一条河的名字给桥命名更省力的了。桥是两年前造的，也就是说这两年间，这座桥是这里唯一的建筑物。那时我还没有搬来，在一个名为“金银山”的地方艰难地生活着。我在那里出生，这个世界迎接我诞生的方式并不那么友好，它臭气熏天，垃圾遍地，噪音嘈杂。住在那里的人们将前一天晚上排泄的粪便倒在街上，顺着下水道流进黑暗中，流进我的藏身之处，有些秽物还挂在下水道的隔断上，这让整个街区都散发着难以忍耐的恶臭。尤其是在夏天，炎热裹挟着它们袭击每一个经过它的行人，在度过了无数个被袭击的夏天之后，成年的我终于不愿再容忍它，决定搬走，开始一种新的生活。

我开始在这个城市里寻找落脚之处，从炎热的北部，一直走到寒冷的南部，最终在拥有亚热带季风气候的安河泾停了下来。这里人迹稀少，我被这里夜间舒适的风和这条小河吸引，它令我看到了一种新的生活，我可以在桥上富有规律地爬行，可以倚靠在桥上，闻河水里散发的轻微臭气，我喜欢那股味道。在金银山生活多年，我对臭气产生了依赖，这是我生命中诸多不可更改的命运之一，当我认清它时，我第一次感受到了金银山加诸在我身上不可磨灭的印记。虽然我受不了那里浓烈的臭气搬了出来，但是在搬来安泾河最初的那几天，我还是产生了戒断反应，是靠着河水里散发的臭气才安全度了过来。

有一阵子我对桥本身产生了兴趣，这座桥是我见过的最奇怪的一座桥，它是一座单拱桥，拱洞的直径几乎与桥的跨度一样长，我有时候怀疑，他们建造这座桥是有军事目的的，水下可能是个隐蔽式的潜艇码头，在夜间，潜艇经过这里，缓缓潜入水下，通过入海口，进入广阔的海洋巡游。我为这个想法而感到兴奋，还花了几个晚上偷偷躲在桥洞下观察，但是却没有任何动静，凌晨三点，安河泾的水面更像一面镜子。

桥的桥面并不像其他桥那样是钢筋混凝土结构，而是一整块巨石，我不知道他们是怎么做到的，巨石来自哪里，他们如何切割它。这些问题我一概不知，我只知道这块石头令我愉悦，但心中又经常起了疑惑，如果我去过埃及，见过狮身人面像和吉萨高原的金字塔，说不定会理解它出现在这儿的原因。这块巨石横亘在安河泾上，每当我经过光滑的桥面，总有种漂浮在湖面的错觉，似乎我摆脱了地心引力，在这座小河上空上升。现在我明白他们为什么要用一整块巨石来做桥面了，阳光在这里抵达了终点，被光滑的桥面折射得到处都是，这里似乎形成一个更立体的空间，由碎片一般的光组成，你能躲进任何一个，待上一整天。我庆幸只有我自己发现了这座桥的妙处。为此，我希望独自拥有它。

过桥后，再走一段路，就是我住的地方，一所被废弃很多年的水上乐园。乐园原本属于一个来自南方的商人，他有一艘三桅帆船，龙骨仿造 17 世纪时消失的著名黄金船——“礁石皇后”号（它在最后一次航行中陷入了潮湿的风暴中，至今下落不明）建造。帆船内部以及航行系统、雷达、发动机用最先进的技术打造，商人声称这是一件艺术品，一件杰作，他要用它来款待所有登上他船的人，他将帆船走过的所有航路用大理石交织在刻有世界地图的船厅地板上。所有来船厅参加舞会的客人都能见到它，跳舞时，他们小心翼翼地在经度纬度间腾挪，凡是登上过他船的人都称赞商人拥有一流的品位和高尚的人格。可事实却是他以供人们参观旅游的名义用它进行走私，他在偏远漫长的海岸线将盐与面包、纯净水布施给当地的穷人、乞丐和遭人遗弃的孩子，让他们为他建立雕像，命人为他画像，传颂他的恩德。他矮小，精瘦，有两撇精心修饰过的胡子，像所有拥有财富的人一样，眼神中透着精明和野心。他载着他的财富和画像顺着热带的洋流一路来到了这里，在这里向所有人宣布，将建立一个史无前例的庞大水上乐园，所有不快乐的人在这里都将获得赦免。可乐园快要造好的时候，资金链断裂，商人便失踪了，那艘三桅帆船也跟着消失了。他们似乎一夜之间蒸发了，没人知道他们的下落，安河泾的水上乐园便被弃置在这荒野中，日复一日。

当我来到这里时，立刻爱上了它，这里太适合我这样的异类居住，住在这里没有人会打扰我，我将自由自在地按照我的方式生活。这里与金银山不同，金银山狭小逼仄，人与人之间没有秘密，更不存在敬畏与恐惧，在那里，活下去才是所有人的信仰。而在这里，当太阳升到空中，流火四溢，我躲在乐园建筑的阴影中贪凉时，我尝到了某种与金银山不一样的东西，它根植于更古老的历史中，那里存满了人类在面对未知时的本能，足以让我不受人类打扰，好好地在这里度过安静的一生。

晚上，我会回到商人的办公室（现在那里成为了我的卧室），办公室是一座拱券式结构的房子，四根立柱支撑着它，抬头就可以看到穹顶，上面绘着魔鬼，天使，以及整个乐园的建造草图，从穹顶一直延伸到墙壁上。而四面墙壁都被巨大的书架遮住，上面的书和装饰品都是商人在外经商远航时，从世界各地收集而来的，有些书中的语言已经灭绝很久了，书页破损不堪，书角重叠着被人翻过早已干透的油腻腻的指纹。我研究了一会儿，确定无法读懂它们，便将它们放回原处。还有一些书上面记录着奇形怪状的星辰和复杂的计算公式，有些我认出来了，是一些经纬度，但我无法真正明白它的含义，或许是商人藏匿宝藏的地方，也可能是他航行时的补给点，也许我永远无法得知这些东西后面隐藏的秘密。我在商人的储藏间里，发现了一整排大小不一的器皿，里面都是一些奇异生物的标本，浑浊的福尔马林令它们透着绿光，商人一定是在仓促间离去的，要知道，将它们全部带走可是个大工程，我看见有些格子里空着，他一定只带走了他特别喜爱的几个罐子。在海上，孤独常常会侵袭那些敏感的人，令他们发疯或使他们的语言能力退化，他们只用低沉的眼神交流，你只消看一眼就能从人群中分辨出他们。我明白像商人这样的人总有办法抵挡这种来自海上的危险，比如这间储藏室，它将他内心所有的孤独都释放在里面。

我经过一排又一排的陈列架，仔细观察了每一个罐子里的生物，有一些是热带岛屿上空盘旋的鸟类，它们仍旧保持着坠落时的姿势，有一些是深海的鱼类，散发着海底的幽暗，我喜欢它们的尖牙，也许是我自身的原因，我对于进化充满了兴趣，我盯着那些尖牙想象它们在漫长的岁月中变换不同的形状。这些罐子基本涵盖了所有生物界的物种，还有些前所未见的生物，这令我感到兴奋，我穿行于这些罐子之间，试图找到一些与我诞生有关的线索，可我将所有罐子仔细找了好几遍，仍旧毫无线索。于是我将希望放在了商人带走的那几个罐子上，我总觉得这个乐园，这间满是标本的房间并非无意出现在我的生活里，它带来了某种指示，某种答案，在这方面，我有着过人的预感。

在我来到这个乐园之前，我从来没有想过我有同类这件事，至少我从没抱过这样的希望。迄今为止，哪怕我翻阅了达尔文的《物种起源》，以及所有有关自然界生物的门类、纲类、属类相关的所有书籍，我都没有找到我的族群和归属，我的父母，哦，或许他们从未存在过，我只是从金银山那个糟透了的地方凭空诞生的一只怪物。我是那仅有的百万分之一，是所有偶然巧合的碰撞才塑造了我，一个没有过去也不见得有未来的水怪。但我至少活了下来，对于金银山的人来说，活下来是最重要的，活下来意味着你仍旧可以饱含激情地对待每一件事，意味着你可以牺牲除此之外的一切，人类的这种本能充满了自欺性，他们喜欢那些虚假的希望，用来装点他们早已麻木的心灵。

2

我对乐园的所有权，在一伙钓鱼的中年人到来后被打破。起初我以为他们只是临时来这里垂钓，第二天就会离开，并且不会再记得这里。可我想得太简单了，第二天，第三天，此后的每一天，他们都来这里垂钓，他们用钳子破坏了乐园外围的铁丝网，钻了进来，将铁钩凿进泥土里，用来固定鱼竿的位置，他们肆无忌惮地在乐园的水池边支起帐篷，喝酒大笑。这于我来说是一种难以忍受的侵犯行为，打破了乐园、河与我之间原本融洽的关系。我知道我必须赶走他们，我不喜欢他们，这些中年人的身上散发着行将衰老的臭气，那是过度使用时间的副作用，就和借了高利贷一样，期限一到，你总要偿还点什么。绝望早已渗透了他们的躯体，我只消轻轻嗅一下经过他们身边的空气便知道他们是什么货色。

我曾经吃过一个落水的年轻人，那时我已经三天没吃东西了，在河流中像只无头苍蝇般乱窜。这时候头顶的水面炸开一朵花，我知道有东西掉下来了，便游了上去，那是个男孩，20岁上下的样子。如果换作是几天前，我或许会问问他为什么掉了下来，但是现在，我急需填饱我的肚子，便将他完整地吞了下去。一开始，我感到我的胃里充盈着饱胀的幸福感，但渐渐开始被恐惧填满，那种恐惧只有年轻人才拥有。哦，真是一个傻孩子，我这样想着，不过他好歹救了我的命，我出于感激(并非有意让他身首分离)，在事后将他的颅骨保留了下来，至于其余的部分，我将它们埋在了河床底下。如果幸运的话，很多年之后，当地壳再一次运动，河水缓缓褪去，露出崎岖的地层表面，它们会作为化石重现于世。

我将他的颅骨带回了家，用来装饰我的书案，它更像某种战利品，意味着荣耀，残酷的终结。在千百年的战争中，战士们手握屠刀将敌人的首级割下，把它们做成酒杯、饰品，带回家乡，在死去前的漫长岁月中，他会不断告诉你，他拥有多少敌人的头颅和从未离去的噩梦。

是的，如今的我感受到了那股古老的气息，我用清凉的河水为年轻的头骨清洗它的污渍，仔细端详它坚硬的纹路。要知道当我明白我与人类不同，是一只水怪后(我是这么称呼自己的)，便失去了对人类骸骨的敬畏，身体某些器官的进化，令我丧失了对恐怖的感受，甚至可以说，我感到我自己就是恐怖本身。每当午后，乐园的水面上泛起粼光时，我总是沿着伸进屋子里的枝桠，爬到参天的树冠顶端晒太阳。我喜欢这时候思考一些事，比如身份、同类，那些令人感慨又虚无的东西。它们总是提醒我，我是谁，我该做什么。在这一点上，我想我继承了人类的某些焦虑和多愁善感的特征，哦，一只忧伤的水怪，这真是个笑话，我不敢再这样想象下去。不过这让我怀疑，我至少有一半人类的血统，毕竟我虽然长着鳍，全身覆盖着鳞片，可是我能直立行走，能说一口流利的普通话，能分辨这个世界的色彩。每当我抱怨生活，想毁掉自己时，是缤纷的色彩平息了我心中的愤恨，让我安然活到了现在。

此时，我趴在树冠上，从树上可以看到整个乐园的景象，左侧是一片破败的棕榈树林，商人将它们的种子从热带带到了这里，它们像他期望的那样长成了树，充满异域风情，在风中成片地摇晃，引诱那些啧啧称奇的游客。而此刻，它们宝剑一般锐利的叶子失去了光泽，在无人知晓的黎明断裂。树林一旁原本是水上游乐场，有巨大的圆柱形的滑梯，陡峭的跳水台和海盗船模型，那里本应该充满了笑声和尖叫，如今那里只剩下一摊发臭的死水、建筑材料和漂浮在上面的垃圾，以及一万年也不会降解的塑料玩具，它们在夜晚会变成若干阴影，顺着夜间的风游荡于其中，就连我也不愿意再到那里去。右边是餐厅，入口做成了某个卡通形象的脸，夜晚降临的时候，风从它的口中穿过，你能听见类似阴冷幽魂的叹息。我觉得这是整个乐园最失败的设计，我甚至觉得乐园之所以荒废，很大程度是因为这张脸。它令人不安，带着一种看穿一切的表情注视着每一位来这儿的游客，显然，这不会博得游客们的好感，更不会让他们顺从地将钱掏出钱包。

那天午后，下了一场暴雨，可三个中年人仍旧如约而至，他们熟稔地经过铁丝网，披着雨衣坐在属于他们的位置，挂上鱼饵，抛出完美的弧线，鱼漂从水面浮上来。我实在忍无可忍，便潜伏在水底，等待一个时机。闪电划过天际的时候，我跃出水面，起初他们以为钓到了一条大鱼，可随后，他们被我的模样吓到了，大声叫着“怪物”“怪物”。我打心底感到畅快，我喜欢看他们惊恐的眼神，那意味着他们将这场争端的主动权赋予了我，我只消装模作样地嘶吼几下，或是张牙舞爪地冲他们做个鬼脸，说不定就能将他们赶走。可我没这么做，因为我从中发现了乐趣，是的，要知道我身上如影随形的孤独令我的生活早就失去了原本的模样，但只要一有机会，我就会不顾一切地去焕发它。此时就是一个机会，我决定吃掉其中两个人，留下那个戴帽子的中年男人，因为他似乎看上去有些学问，可以帮我翻译一些商人留下的笔记，看是否能找到关于消失的那几个罐子的线索。

中年男人曾经是一个教授，在一所福利很好的私立中学教地理和历史，可因为猥亵一个女学生，被学校发现，并永远失去了教育下一代的资格。他向我形容那是一种被剥夺了某种生命的体验，他原先不觉得，但是那一刻，他们向他宣布的那一刻，他感觉自己体内什么东西在燃尽，他感到绝望，他感到他正在死去，就像被绑在中世纪的火刑柱上被慢慢烧死。

中年人都是绝望的生物。

他向我诉说这一切的时候，我正在收拾另外两个中年人的尸体，这很令我苦恼，要知道我吃掉他们并不是因为我喜欢吃人。其实我一点也不喜欢人肉的味道，我更喜欢鱼和炖兔子，他们的肉松软香甜，有肉的质感，而人肉，充满苦涩。

最后，我让教授将两个中年人葬在了乐园正中央的商人雕像下。雨仍旧在下，教授站在新挖的墓穴里，眼镜上沾满了雨水，他将两人拉了下去，将土重新填满。他在做这一切的时候，我正专心盯着雕像看，商人的姿态令我着迷，它站着，头顶仿佛戴着一顶金闪闪的王冠，双眼正凝视着夜空。可惜的是雕像手里原本攥着什么东西，现在却不翼而飞了。但这并不影响我对他的观察。此后的几天，我只要一有空便来到乐园中心观察它，这似乎成为了我生活中一项固定的仪式，我并不清楚我从观察中获得了什么，可雕像的姿态确实唤起了我心中的渴望，我对此感到恐惧又亢奋。

我领着教授回到商人的办公室，交给他几本笔记，让他帮我翻译里面一些字句的含义，寻找那几个消失的罐子的线索。他对于我能说一口流利的普通话感到惊讶，进而变得激动，暂时忘却了恐惧，兴奋地大叫，说这是地球上前所未有的事，我感到可笑，又吓唬了他几下，他才安静下来老老实实看商人的笔记，在翻阅了几页后，便专心研究了起来。我不再打扰他，将他锁在屋子里，通过乐园的下水管道，游进了安河泾。

浑浊的水底听不见雨声，我在黑暗中游曳，捕食从身边游过的鱼类，这是我狩猎的时间，也是我思考的时间，进食令我的大脑加速运作，有时颅内会出现高潮，这应该是我特有的反应，那应该类似人的性快感。我见过人类交配时的样子，我甚至偷偷模仿过他们高潮时的表情，可我有别于人类的声带总是让我感到挫败。

一周后，教授似乎不再惧怕我，他把我当成了一个可以倾诉的异类，一个守口如瓶的怪物，与我讲到了他的妻子，他的生活，他的挫败与彷徨，这应该就是一个人类的全部了。我对这一切太熟悉了，金银山每天都在上演这些事。我喜欢在缝隙下观察人类的生活，原本我以为这会对我今后的日子有启发作用，可谁知道那令我大失所望，我很远就能闻到人类身上焦虑的气味，它们比金银山的臭味更好辨认。

他在讲述他的妻子时，使用的是一种伤心的语气，他的妻子在他被学校开除后，向他提出了离婚，并迅速嫁给了他的一位前同僚，教授这才知道妻子早已背着自己出轨，他多年来的积蓄也多半到了妻子的名下。他告诉我，那是一种坍缩，意味着他从内部被毁灭了。

我不置可否，我对教授的生活状态并不关心，也不同情他，他控制不了自己的欲望，也控制不了自己的生活，他只是个丢掉了尊严的可怜鬼。我更关心那些商人留下的书和笔记，我迫切地想知道上面有没有提到那些罐子的线索。同时我也对他那些书里展现的世界深深着迷，他在他的笔记中叙述海洋时，总是用一种孤独壮阔的口吻形容它，那些字句像拥有了魔力，令我竖起了全身丰满的鳍，让我想象自己像商人那样站在“礁石皇后”的甲板上，目光伸进触手可及的风暴里，就像乐园中心的雕像那样。我知道海洋，但我从未去过，我生活在河流里，我适应它，了解它。可海洋不一样，它脾气暴躁，食量惊人，喜欢吞食秘密，危险万分。

在这方面，教授与我的看法不同，他告诉我，你应该去海洋里。他的理由很简单，我生活在海洋里才合理，我明白他的意思，再奇怪的东西出现在海洋里，大家都容易接受些，而我又是这么奇怪的一个生物，毕竟说到水怪，人们的第一反应都是，它们不应该待在海洋吗？而人类生活在陆地，则是天经地义的事情。

我对于教授有这样的逻辑感到可笑，可我清楚人类狭隘的思维，他们在面对一切时总是缺乏谦卑，所以教授才会被开除，才会被妻子背叛，才会被我抓住。

“你知道吗，你跟那些电影和小说里的水怪一点也不一样。”也许是教授察觉出了我的态度，他对我这么说道。

“或许我应该把你吃了，这样你就不会整天在我身边絮絮叨叨了。”我用爪子抓着商人的笔记，没有抬头。

“你不会那么做的。”

“你怎么知道?”

“因为你太孤独了。”

我抬起头，看着教授。那一刻，我感到被击中了，像是心中有什么东西碎了，里面的液体流出来，流的全身都是。那一刻我觉得自己有些狼狈。我居然被一个人类看穿了内心。

我在试图挽回这样一个局面，我不能让教授知道我在想什么，这对于我来说，是一件可怕的事情。

长久以来，我将内心真正的感受伪装起来，我一直靠这些秘密的感受活着，如今有一个人居然掀开了它，这让我猝不及防。可我失败了，我发觉再也无法像以前那样轻易地遮掩它们。

“我说对了。”教授看着默不作声的我。我将商人的笔记合上，活动了一下爪子，教授本能地往后退了几步，他一定以为我要吃了它，可我并没有这样做，我身上的鳞片有节奏地起伏着，发出规律的碰撞声，我向教授指了指他背后的储藏间。随后，领着他走了进去。

教授看着眼前盛着标本的罐子，显然被震惊了，他用手轻轻触碰那些玻璃，每一个罐子里的生物都寂静无声。我告诉他我在找架子上失踪的那几个罐子，那里面可能有关于我存在于这个世上的合理解释，可教授似乎没有听我在讲什么，将每个罐子都看了一遍，用手轻轻抚摸它们，口中含糊不清地说着些什么。他这样的状态维持了很久，从储藏间出来后，教授像患上了失语症，陷入了长久的沉默中。

此后的几天，他喜欢反复在桥上走来走去，我觉得他似乎计划着什么，可我什么都没做。这期间我仍在阅读商人的笔记，关于罐子的信息以及那个储藏间，商人丝毫没有在笔记中提及，大部分都是关于他航行中的日常，商业记录，以及某个客人的怪癖。开始我觉得很新鲜，可重复摄入这些毫无意义的信息，让我感到枯燥，索然无味。我不明白商人为什么这么做，记录这些毫无价值的信息，我甚至怀疑商人在笔记里藏了些什么，用这些庸碌的词汇掩盖秘密的光芒。我试图找到笔记中的机关或者值得怀疑的字句，可每当我觉得自己就要破解线索时，之后接踵而来的巨大失望向我袭来。我得承认，我在浪费时间，我一无所获。

终于有一天，沉默的教授突然在我身边开口，他说，他从没想过自己的生活会是这样的，他决定将真相告诉我，他说他是被冤枉的。我有些疑惑，他说他并没有猥亵那个女学生，是那个女学生对他产生了爱慕之情，并提出要将自己奉献于他，他感到惶恐，慌乱之下，拒绝了女学生，并嘱咐女学生勿将此事说出去。他原本以为这件事就这样过去了，可不久，他却被学校开除了，理由是，猥亵自己的学生。毫无疑问，这件事只有女学生和自己知道，他将真实的情况讲给学校听，可学校并不信任他说的话，他跑去质问女学生，却看到她正用无辜的眼神勾引另一个教师，他无法想象自己的学生，一个14

岁的少女，居然藏着一颗魔鬼的心。他沮丧至极，他觉得自己很失败，最后，他接受了学校的裁决，背上了猥亵的罪名，卸任离职。可这不是最致命的，最致命的是他对自己进行了审判，并判决自己有罪。之后他避免接触十四五岁的少女，他将她们称之为"令他感到恶心，恐惧，头晕目眩"。

我很好奇他为什么要将这些说给我听，他告诉我，希望我将自由还给他，我感到可笑，我怎么可能让他带着我的秘密离开，并将其公之于众？我拒绝了他的请求。

"那就带我走吧，到大海去，我想去那儿看看。"

教授眼中闪烁着火焰，我感到那是某种殆尽的希望即将燃尽的颜色，他随后又告诉我，这段时间，他眼前总是出现幻觉，摇曳的船帆，六颗坠落的星宿，极光和嶙峋古怪的礁石。

"大海才是我的归宿。"他这样说道。

说到这，我开始有些局促，紧张，鳞片不自觉地摆动起来，我不想让教授看出我的异样。大海，这个词汇令我感到不安，我本能地找借口推脱。他见我没有带他去大海的打算，有些失望，但没有再说下去，便独自一人离开。我生怕他逃走，便始终观察他的一举一动，而此时我对于教授（我相信教授也有同样的感觉)隐约有了某种情感纽带。那种微妙的感觉,细腻地触动着我的心脏。

他花了好几个星期收集乐园里的建筑垃圾,钢筋,最后将我每天去注视的那座商人雕像也拆了,折断了它的手臂,我没有阻止,任由他破坏。他将它们堆积在河边,之后搭建简陋的龙骨、船壳、甲板,他用它们造出了一艘船。他在做这些的时候,我只是看着,没有提供任何帮助,也没有试图去询问他这样做的原因。我打心眼里知道他早晚有一天会离开,我看见他站在船的甲板上,回头看了我一眼,我们像那些海上的人一样,彼此交换了眼神,之后他便划着船,驶进了夜色的河水中。那一刻,我将自由还给了他,准确地说,他将自由还给了自己,我看着他逐渐变成一个黑点并彻底消失在了我的视线中。我感到有些冷,似乎乐园的空气中有什么将我握紧,令我动弹不得。

3

教授离开的第三天,我在不远处的水库里找到了他的尸体,船折载在水库深不见底的底部,原来他搞错了方向，入海口正好在水库相反的另一头。我看着水库里漂浮上来的商人雕像的手臂，第一次真正地为教授感到伤心。

我将他带回乐园，在那里埋葬了他。我重新陷入了空虚中，开始借助商人剩余的笔记转移注意力，可它们记录的东西令我失望，他没有提到任何有关罐子的线索，也没有提到他离开的原因。我内心最后的渴望被扑灭，我决定不再读它，同时也决定离开这座乐园。这时候，我翻到了商人笔记的最后一页，那是商人消失的前一晚，他在上面这样写道：

"今天，船帆坏了，我爬上去修理，抬头的时候，竟然厌倦了陆地的一切。"

暗箱

栗鹿

暗箱

上

周三一早，我收拾好行装，准备搭船去瀛岛参加葬礼。葬礼定于周五举行，不过天气预报说这几日会有大雾，轮渡随时可能停航，我便打算提早去。这么多年，往来瀛岛依然只能靠着几艘破旧的车客渡。一遇上刮风、起雾的天气，就寸步难行。

我已经七八年没回过瀛岛。父亲在我高三那一年失踪了，家里人报了案，直到现在也杳无音讯。母亲伤心了很久，现在也只能当他死了。五年前，她和一个教日语的大学老师新组了家庭，并在苏州定居。大概是不想回忆伤心往事的关系，母亲和我鲜有联络，老家的人情事也撂下了。后来我在离岛一百多公里外的市区找到了工作,我也顺理成章地和瀛岛断了联系。前几天,老家的二婆忽然打电话来,说我那快九十岁的舅公忽然死了,遗嘱上赫然留给我一笔遗产。这就是我不得不回来参加葬礼的原因。

也许在常人看来,这笔遗产的数目让人为难,好像干什么都差一点。但对我来说,这笔钱相当于雪中送炭。一个月前,我辞去了报社的工作,一来薪资微薄;二来没有别的,我是个不求上进的人,最近纸质媒体越来越不景气,与其让别人辞退我,不如识相点走人。现在有了这笔钱,一年的吃喝用度是不用愁了。想到这里,心里除了踏实,还有些小小的得意。

中午,满载两百名旅客的渡轮终于晃晃悠悠靠上了码头,心中不禁纳闷,工作日竟有这么多旅客。他们到这个偏僻的小岛来做什么?不知道哪里来了一个大胆的想法:莫不是来参加我舅公的葬礼?转念一想,如果这两百号人都是来参加葬礼的话,舅公的遗产怎么也不会落到我头上。舅公一生孑然,没有老婆没有子女。想必由于他性格孤僻,生前也没多少朋友,周五的葬礼应该会很冷清吧。想到这里我的心里不禁一丝失落,担心起自己的命运。

一下船，码头的广播便开始通知紧急停航，雾还真是说来就来。现在海面的能见度不足一百米，放眼望去，世界就像被抹去了一般。嗡作一团的旅客终于散开，纷纷落入四布的白色甬道……

我没有直接去舅公家，也没有打电话给二婆说已经到了，这些都是没有必要的。在葬礼之前，我并不想过多接触那些不熟悉的亲戚。隐约记得小时候参加的葬礼，不好的印象还留在脑子里。按照瀛岛的习俗，当一个人快要死的时候都要回到家里——不管当时病得多重，都要从病床上拖下来送到家里去。人还没有死，轰轰烈烈的吊唁活动就开始了。不管熟络的朋友，生疏的亲戚还是一些从未谋面的小辈都要到濒死者面前哭一番，再说几句告别的话，表一表懂事的决心；当然，这些远远算不上什么，主人家还专门请来哭丧婆，已经趴在床头练习了；那些远道而来的亲朋好友，如何能怠慢？就在濒死者视线可及的地方，有一间小小的客房，人们在里面聊天、打牌，说一些无关紧要的话；而他们的孩子正在外面折磨一只腹泻的小黄狗；这场尚未到来的葬礼，还以其惊人的人数增长吸引来摆摊的商贩，他们卖瓜子、扑克甚至避孕套，都是应景的玩意儿。我曾经对家里人说，以后不想这样死。没想到，向来对世事寡淡的父亲忽然严肃起来。他问我，不这样死，那要怎么死？我认真地回答：具体没有想过，反正不是这样死。

“我们祖祖辈辈都是这样死的。”这是父亲的原话。

“这种习俗已经过时了。对死者不尊重，过程也很折磨。”

“人活着有哪天不折磨。”父亲居然说出这样的丧气话，身为儿子的我心里很不好受。

“本来是很难过的事情，可大家都表现得事不关己，甚至搞得像在……”我没有说下去，“反正很残忍。”

“像在过节，对吗？”父亲说。

那正是我要说的。

“这样的气氛不好吗？”父亲接着问我，语气温和了许多，不过依然带着一股较真的劲头。

“和你说这个没意思。”我没有接父亲的话，而是生硬地回避过去。这场对话在往一个没有尽头的方向去，我与父亲的距离也会随着这个问题的走向越来越远。

当时母亲也在场。她只是闷声做着家事，自始至终没有说一句话。不过我们都知道，她只是装作没听见。母亲用沉默告诉我们，在这件事情上争论是没有结果的。这是我和父亲第一次谈论死亡。那时我正值青春年少，脑子里时不时会出现一些自认为正确的想法。从那以后，我们再也没有经历过类似的交谈，或许是因为没过多久他就失踪了。没有任何征兆，也没有任何回响。

想到这儿，我开始发怵，不敢马上到舅公那里去。

我兀自钻进一家开在熟食店旁边的小旅店，终于卸下沉得跟尸体似的行李——到底装了什么啊，竟然都想不起来。天快黑了，我匆匆出门，走进了附近一家小饭馆，发现里面聚集了好几个外国人。粗略看有一桌东南亚人，还有几个欧洲人。我邻座是一个包着白色头巾的印度人，他独自坐着，脚边放着一只藤编的篮子。他只点了一杯红茶。

瀛岛虽小，却拥有一个非常发达的船坞公司，许多往来的远洋轮都会在这里进行整修。因此，这个小小的港口聚集着世界各地的人们。除了务农的人，岛上的劳动力几乎都到船坞公司去了。由于交通不便，限制了瀛岛的商业发展，所以年轻人大多都到城里去了，留下的很少。在这里，除了当公务员、进事业单位,也找不到其他好的出路。

这些外国人一定是某艘巨轮上的船员,唯独那个印度人,不像是船员。他的胡子修得很齐整,一身传统的白袍干净利索,脚上还蹬着一双本地特产的芦花鞋。当我猜测印度人的身份时,店里的老伙计走了过来,丢给我一张塑封菜单。他的脸上有两道很深的泪沟,煞是明显。

我看了一眼菜单,都是本地家常菜,菜名和它们本身一样朴素。我给自己点了凉拌豆腐、炒瓜肉、炸豆糕和一碗米饭。忽然觉得菜色有些干巴巴,又加点了一小瓶啤酒。当我把菜单递还给老伙计时,他仔细端详了我一眼,然后问道:"是小林的儿子吗?"说话的时候,老伙计的泪沟也跟着颤动起来,显出干涸。

"不好意思,你是?"我父亲的确姓林,对于这样突如其来的身份识别我并没有感到讶异。在瀛岛,居民区非常密集,走到哪里都有可能遇到相识的人。不过我确实不认识眼前这个人。

"我和你爸爸是同事,你小时候经常到剧团里来玩的呀。"看到我面露难色,他又补充道:"很久以前的事了,估计你也忘了。"

听母亲说,父亲年轻的时候曾经在一个剧团表演木偶戏。后来,因为收入不稳定就换了个文职工作。我不记得到父亲的剧团里玩过,对这个老伙计也没有任何印象,只好勉强笑笑当作应答。显然,老伙计对于自己的过度热情感到后悔,他用桌布随意抹了几下油腻,转身走了。

这顿饭吃得怅然若失,剩了一半的饭菜不想再动。不知是菜色缺了点什么,还是心里有事放不下。埋单的时候我主动和老伙计搭起话来:“刚才那些外国人都是哪里来的?”

“好像是船员,最近来了一艘大船,就靠在码头上。等雾散了,估计就要开走的。”

“那人也是船员吗?”我压低了声音,瞄了一眼印度人。

“是变戏法的,好像也是船上来的。”

“变戏法?是在游轮上表演魔术的?”

“这两夜都在巷子口那个广场上变戏法,看的人很多。”老伙计答非所问,我假装点点头,再也不想将对话继续延长下去。

“哎,雾呀,不晓得下到什么时候。”老伙计自言自语道。

付了饭钱,我就往旅店走。也许是喝了点酒加上疲倦的缘故,我感到昏昏沉沉,雾气弥漫之下,竟有点迷失方向了。我看了一眼手表，已接近午夜。奇怪，还以为才刚刚入夜，回想起来好像没做什么特别耗费时间的事情。

忽然，巷子口的一阵骚动把我吸引过去。我看到了明亮的广场，大约有二、三十个人围在一起，席地而坐。我想起这个广场附近有一个公园，里面饲养着各种动物，猴子、梅花鹿、孔雀之类的。小时候，经常和父母一起来这里游玩。梅花鹿是散养的，难得一见；孔雀倒是常在河边见到，有蓝色的和白色的；猴子的笼子周围总是散发着恶臭。一旦见到游客过来，就在铁丝网上大叫着上蹿下跳，有时还会伸出手来要吃的……如今公园被废弃了，也不知道那些动物都到哪里去了。

“林奇，快点过来。”我隐约听到那群人中有人用家乡话喊我的名字。

以为听错了，正要离开，却看到一个中年女人朝我挥了挥手。

“林奇，快点过来。”女人再次招呼我过去，她的声音很亲切，我不由自主地“噢”了一声，围上去和他们坐在一起。我不喜欢热闹，人一多就像食草动物那样局促不安，这种脾性终归不合群。不过这一次，我却兴致勃勃地加入进来，连自己都感到惊讶。

中年女人就坐在我身边。她的手里抱着一只奇怪的动物，好像睡着了。

“很可爱吧，是鹿。”女人温柔地说，她长得很像我的母亲。

“鹿？”

“嗯，是鹿，梅花鹿。”

“它睡着了吗？”

“不，它没有睡着，它永远都是这样。”

“它死了？”

“不，它没有死，它永远都是这样。”

女人看出我的疑惑，她继续说道：“来，摸一下。”

我小心翼翼地伸手摸了一下鹿的肚子，一起一伏的。

“很温暖呢。”

“它永远都是这样。”女人重复着这句话。

人群开始欢呼。是那个印度人，他提着一个竹编的篮子从临时搭建的幕布后走了出来，像是要进行近景魔术一类的表演。他果真是一个魔术师。

“天绳，今天表演的是天绳。”身旁的女人好像总是知道我在想什么，她自顾自说道：“据说是失传的技艺，难得，太难得了。”说完她欢笑着鼓起掌来，其他的人也跟着鼓掌。魔术师的白袍在大家眼中闪烁。

既然是失传的技艺，又怎么会看得到呢？

魔术师将篮子展示给在场的人，里面有一根很粗的麻绳，像蛇一样盘在篮子里。接着魔术师用带着口音的中文说：“本来我要和我的儿子一起完成这个表演，可是刚才他跑出去玩了，找不到他。有人愿意和我一起表演吗？我会很感激他。”

人群突然安静下来，大家你看我我看你，没有人自告奋勇。这时，女人手中的梅花鹿忽然“咕咕”叫了两声。

“它醒了？”我问。

女人摸了摸鹿的头，它又恢复了平静。

“它永远都是这样。不试试吗，也许很好玩呢？”女人对我说。

我“嗯”了一声，举手表示愿意上台。魔术师向我做出邀请的手势，脸上露出满意的神情。

魔术师告诉我，等一下他将演奏塔布拉鼓，绳子会随着鼓点越爬越高，直到看不见。这时候我就要顺着绳子爬上去。

“这不可能。”

“莫要急，到时自然就爬上去了。”说完他把盘成蛇的麻绳取了出来，让我检查。我用手摸了摸，发现这是一根很普通的麻绳，质地纤软。我到底要怎么爬上去呢？心中的这个疑惑无法消除。魔术师又将麻绳装回篮子里，从幕布后拿出一对大小不一的鼓开始击打，嘴里哼唱着一种咒语般的歌谣。

麻绳随着鼓点慢慢从篮子里探出头来，现场发出了惊呼。鼓点越来越密集，麻绳越升越高，就像被赋予灵魂一般，升到了天际。可是升高的麻绳仍旧软趴趴的，像一条垂头丧气的巨蛇。雾气越发浓烈，像行云似的堆积到麻绳周围。

我愣在原地不知所措。这时，鼓点停止了，麻绳居然随着鼓声的戛然而止一下子站得笔直。

"现在，您可以爬上去了。"

"怎么爬？"

"用手抓紧绳子就可以。"

照着魔术师的话，我把手放在麻绳上，用力抓紧。我忽然感觉到自己的重量随着与麻绳的接触被排空了，身体变得轻如鸿毛。只要稍稍借力，就能随着麻绳轻而易举地攀上去。难道我来到了外太空？

麻绳越升越高，我也随之离开了地面。没有重量的感觉太好了，真想一直这样。我感觉自己变成了那只鹿。

一些久远的回忆冷不丁涌上心头。我想起了这个广场。小时候，父亲的剧团经常会到这里表演。有一次，父亲还带上了我。剧团的负责人开一辆大卡车，装着化好妆的小丑、穿骷髅装的魔术师、闪闪发光的歌手。几个说相声的男演员也化了妆，大家说说笑笑，驶入暮色中。那时的我才刚上小学，看着这些奇装异服的演员，竟有点害怕。

“爸爸，我们什么时候到？”

“就在前面，还有五分钟就到了。”每当我这样问，父亲总是会回答五分钟。

“可是天要黑了。”

“等一下装好灯，就比白天还要亮。”说着父亲拉起了我的手。

看着身旁的父亲，我平静下来，心里踏实许多。

天色一黑，我们就到了广场。搭好临时的舞台，光怪陆离的表演开始了。热场时，几个妖娆的女郎表演柔术，她能把自己折起来，装进一个普通尺寸的旅行箱；穿骷髅装的魔术师特别喜欢吓唬人，没有任何预兆就把自己的头拿下来；歌手是一个中年妇女，妆浓得瘆人，嗓子却像十五、六岁的小女孩。父亲表演的木偶戏很受孩子们欢迎。他能用几根提线让木偶跳芭蕾，甚至做托马斯前旋。“无论演过几次，大家还是目瞪口呆。”——母亲曾这么说过。我想除了父亲的技艺高超，还因为他制作的木偶非常精致，恍如真人，总给人一种错觉。其中一个木偶是父亲根据自己的样子制作的。表演的时候父亲和木偶一样的装束，一样的神情举止。看得恍惚了，一度以为父亲变成了两个，一个大的父亲，一个小的父亲。

就像从一场白日梦中醒来那样，时间的概念模糊起来。望了一眼脚下，魔术师和人群正离我远去。他们张着嘴，拍着手，但没有发出任何声音，整个画面好像被人有意“消音”了。我感到一种无法言语的舒适、沉醉，仿佛正在无限靠近一个美好的终点，介于生死之间。我任由绳子越升越高，直到雾气吞噬了我的脚，我的身子，以及我的全部。

下

光线昏暗，四面不断有风吹来。如果是暗箱，空间未免也太大了，我心想。

这时，一个年轻的女孩朝我走来，把我引向黑暗深处。

“这是哪里？”

“等一下就知道了。”女孩神秘地回答。

女孩自称叫做“小津”。由于太黑，看不清她的长相，但感觉得到她有点一瘸一拐。

“腿伤着了？”

“嗯，很久以前的事了，现在是个跛子。这里的人都是有点残缺的，你要习惯起来。”女孩漫不经心地说。

“你说的残缺是残疾的意思吗？”

“不全是，有时候心里的残缺比身体上的更可怕。”

我为自己的鲁莽感到羞愧，不再和她说话。

前方明亮起来。原来小津有一头时髦的 BOB 式短发，她身穿一件长款亚麻色开衫，搭配白色 T 恤和浅蓝色牛仔短裤，脚上随意地蹬着一双木底趿拉板儿，趾甲涂成金属色，整个人显得轻松惬意。

小津不时回头冲我微笑，有植物的影子投射到她光洁的腿上，就像烙上了美丽的文身。

“累了吗？”

“还好。”

“很快就能休息了，再坚持一下。”

看得出小津正努力安抚着我的情绪，和她在一起让我觉得安心，甚至有些心动——如果能和她谈一场恋爱就好了，应该会很美妙。很遗憾，我的人生似乎没有可以用作谈资的恋爱经历。除了高中时期与同班的女生有过一段短暂的恋情。记得那是高二升高三的暑假，某天我走进了一家不常去的便利店。店面很小，货物却摆得格外满，货柜之间的距离不足一米。一些顾客迎面碰上，恰巧手里又大包小包，就只能提心吊胆地侧身走过，以免不必要的身体接触。由于我个高，进店之后，更显拥挤。于是我以最快的速度从冰柜里扒拉出一瓶冰镇汽水，正要掏钱付账，却不慎撞到了一个女孩的胸部。

“很痛诶，不是故意的吧。”定睛一看，原来是邱臻。虽然已经做了两年同学，却没怎么和她说过话。

“对不起，对不起。”我连连道歉。由于一时想不到如何开场，就用手比画了一下，示意这里的空间很小，希望化解尴尬。

这是我第一次在校外看到邱臻，她穿一件薄荷色的吊带连衣裙，裸露出健康的皮肤、柔和的背沟以及深邃的锁骨。她没有穿内衣，雪纺质地的衣衫微微凸出乳头的形状。在学校时，她戴框架眼镜，而那一天，她没有戴。我方才注意到她的眼睛，像鱼。厚实的睫毛，有如鱼的背脊生出了羽翅。

我买了根栗子牛奶口味的雪糕给她。

“刚才真的很不好意思。”

邱臻接过雪糕，拆开咬了一口，接着问我：“触感如何？”

“什么触感？”

“刚才不是碰到了我吗，说说吧，触感如何。”

我无言以对，羞得满脸通红。邱臻调皮地笑起来。

“那么，回见了。”我冲出了便利店。

身后传来一声响亮的“喂”，我故意没理会，头也不回地走了。想起在学校的时候，邱臻喜欢用“喂”称呼我，好像“林奇”这两个字难以启齿一般。

不料出了便利店，又在街角鬼使神差地遇到了她。奇怪，明明是我先走的，她怎么跑我前面去了？

“你倒是神出鬼没的。”我半开玩笑地说。

“想知道为什么我比你快吗？”

“为什么？”我问。

“其实不是我脚步快，而是我用的时间比你少。明白吗？”

我摇摇头，说：“这不是一回事嘛。”

“说白了，我就是穿越时空了。”

“穿越时空？鬼才信呢。你一定是抄了小路。”

“哎哎，我就说你这人没劲吧。”邱臻边说边踢开了脚边的石子，“是真的，我也很震惊。刚才你走后，我就跟了出来。你走得很快，一路小跑才勉强跟上。没想到一眨眼的工夫，就跟丢了。回头一看，你居然落在了我后面。太不可思议了，这绝对是一次穿越时空事件！”

“什么嘛，怎么可能！”

邱臻认真地解释了其中的原委。我仔细听着，认为她说得有道理。最后我们达成了一致：我们之中的一人穿过了某个小型的时空畸点。至于到底是谁穿越了时空，还有待商榷。后来，我们的关系因为这次事件变得亲密起来。不过邱臻始终没说那天为何要跟着我，也许她还是想问关于“触感”的问题吧。还有一点值得一提：从那以后，不上课的时候我们就在一起，在各种可以想象的地方做爱。暮色下的天台、气味浓重的实验室、荒草丛生的密林以及废弃在内河的铁皮船。就像动物一样，到处标记，留下气味和体液。

“在想什么？”小津打断了我的思绪。

“噢,没什么。”

“一定在想喜欢的人。”

“看得出?”

“嗯,那种表情就对了。说说吧,你们为什么没有在一起?”

对于小津的洞察力,我渐渐感到适应,如实回答道:“后来彼此的联络越来越少。在没有矛盾,没有出现第三者的情况下,很自然地分手了。回想起来,并没有说过‘分手’之类的话,但我总觉得这样的结束更残酷些。”

“说不说分手其实都一样了吧。没有不可抗的外力,也不是非要在一起。”

不是非要在一起。我心里重复着小津的话,觉得似乎被言中了。在我的人生里,并没有任何非要去做的事情。舅公的葬礼,本意是不想去的。一来害怕那种场合,除了难以忍受的繁文缛节,还要硬着头皮面对许多不相熟的亲友。遗产呢?只能维持一年的生活,也不是非得生活下去的。为什么要回来呢?无法深想下去。

“也许是服从了内心。”小津的回答像是抚平了一张皱巴巴的纸,虽然逻辑上她应该是对我先前所说的恋情作出回应。

我们继续在黑暗中走着，用沉默回应着彼此。很快我们走出了长廊，来到明亮的户外。

“作为一个托儿，我还称职吗？”我问。

“准确来说，你不是托儿，而是魔术师的搭档。”

“有区别吗？”

“一个是参与者一个是表演者，区别大着咧。是第一次登台吧？听说你一点都没怯场，很厉害啊。”小津眼中露出钦佩的眼神。

“说不定是遗传了我父亲的天赋。”

“嗯？”

“父亲曾是剧团里的演员。母亲说过，父亲只有在舞台上的时候最为平静。很奇怪，刚才在台上的时候，我似乎也感受到了那种平静。”

“不介意的话，等表演结束了再走吧。”

“还没结束吗？”

“才到一半。”

“出口在哪里，我得走了。”

“既然来了，就把它完成吧。放心，不会耽误你太久时间的。”小津的话确实让我消除了些许顾虑。

“累了吧？今天就在这里睡。”

奇怪，刚才还不觉得，此时眼皮却越来越重，感觉一半的自己已经睡着了。说话间，我们又穿过了一条暗道，暗道两侧有许多包间。昏暗的灯光下，隐约看出地面上铺着红色的劣质地毯。说来，这里的构造有点像三等船舱。

我们进入了其中一个包间，里面的摆设很简单，一张原木色的小床偎着窄窗摆放，床边紧紧贴着一只五斗橱和一个茶几。三件家具就这样拥在一处，给房间留下了很大的“无用”空间。走进包间，我发现地面上铺着干净的席子，就随小津脱了鞋子。一股淡淡的香味飘来，让人觉得很舒服。

“味道习惯吗？”

“嗯，挺好闻的，是什么？”

“洋甘菊。橱上的小灯是一个加湿器，装了点精油。”我转身一看，发现小津已经不见，取而代之的是一只鹿。它两腿一软，便像一块毯子那样铺在地上，睡着了似的。由于实在太困，已经没有力气多想。

再见到小津已是次日早晨，她给我送来了早饭。碗碟都是清一色的原木质地，装着白粥和几样清口的小菜。我没有提鹿的事。

因为肚子很饿，就理所当然地吃了起来。没有椅子，就跪在地上吃，并没觉得任何不妥。饭是新煮的，加上冷却的绿茶，成了不冷不热的茶泡饭。

配菜有腌鸡豆瓣,玫瑰腐乳和一条不知名的鱼。小津看我吃得香,显得很高兴。

“合胃口吗?”

“很好吃。你做的?”

“不是。”小津无意告诉我厨师是谁。

“这是什么?”我指着那条迟迟未动的鱼。

“黄花郎,酒糟的。”

“这鱼叫黄花郎么? 听着像人名。”

“黄花郎是早年的说法,现在跟着别地改叫梅头鱼。也许是行情不好了,叫名都不亲了。”

以前依稀听家里人提起过瀛岛人捉梅头鱼时的盛况,应该是好几十年前的事情。据说梅头鱼的鱼汛很短,始于清明,盛于谷雨,立夏过后便结束。母亲说,她小时候吃过一次梅头鱼,那味道便再没忘记。后来梅头鱼越来越少,吃不到了,心里可惦记呢。

我尝了一口,顿觉此前的人生错过太多。

“黄花郎是成群结队游的,遇到大的鱼群,发出的咕咕声,几里外就能听到。出海捉黄花郎一怕捉不到,二怕进网的鱼太多了,网收不拢。为了安全,只好忍痛把网割掉,这可比抓不到鱼更伤心。你的外公可是捉黄花郎的一把好手,可惜嗜酒如命。大风大浪都躲过了，却死在了酒桌上。”

“你刚才是说……我的外公？”我刚要伸向黄花郎的筷子，在此时收住了。

“是啊，你的外公。”

“你怎么会知道我外公的事？连我都不知道。”

外公死得早，那时我还小，根本不记得他的样子。

“你会明白的，快吃吧，吃完我们还有事要做。”

“我要回去了，多谢你的招待。”我放下了手中的碗筷。

“不着急，不会耽误你的事。”

我没有理会小津，执意起身离开。

小津急忙将我拦住：“外面什么都没有。”

“什么意思？”

这时，小津打开了包间的一扇窗户，我顺势望去，看到了这栋建筑的一部分，形似船体。仔细辨认，原来我们正在一艘大型客船里，它悬在空中，竟然无依无靠。然而这里又与空中不尽相同，抬头不见日月，四周没有云气，脚下也没有任何可视的景物。四面不断有风吹来。

“天呐，竟然是一艘船！”

“是腾空船。”

瀛岛人叫气垫船为“腾空船”。这种船如今已不多见，曾经却是往来瀛岛最快的交通工具。

“外面到底是什么？”一阵透心的恐惧袭来，我“嘭”一下关上了窗户。

“害怕了？”

“不是害怕。”我急于否定，“一般人见到这番景象，多少都会担心或者好奇吧。”

“嗯，可以理解。不必多虑，那只是虚无。”

“虚无？说笑吧。”

“就像很浓的雾。”

“别说些听不懂的，这里到底是什么地方？”

“暗箱。”小津惜字如金，但我好像明白了点什么。

小津知道我要去参加舅公的葬礼，除此之外，她还知道很多关于我的事，但不便向我一一道来。由于天绳还没有升上来，意味着魔术没有结束，所以我暂时无法离开。不过即使在这里待上十天半月，也不会错过什么事，因为“暗箱”里的时间和外面不一样。是的，她称这里是“暗箱”，真真就是魔术里的那种暗箱。小津还说，这里居住着近两百个居民，没有人知道谁是第一个开拓者，又是谁建造了这里。“暗箱”就像一个大宇宙中的小宇宙，有着全然不同的物理法则，时间相对于瀛岛要快好几倍。

“等一下无论见到什么都不要惊讶哦。”小津说。

“尽量做到吧。”事情发展到这里，见到什么都不会太惊讶了。

小津打开了包间的门，我跟着她走了出去。劣质地毯的两边依然是数不清的包间。

“为什么没有人？”

“现在都在楼上呢，很快就会看到了。说说你心里的那个女孩吧。”

走廊看起来不长，却好像怎么也走不完似的。我趁着这段时间，把心里的事都告诉了小津。

“在这之前，从来也没对别人提起过。我迷恋着邱臻。有一天，悄悄把她带回了家里。我家是复式的房子，父母住楼上，我住楼下，平时只有吃饭的时候才和他们在一起。那天父亲正好不在家，仗着母亲从不管我，就很自信地把邱臻藏在房间里。我们四仰八叉地躺在床上听地下丝绒、披头士还有治愈乐队。对了，有时觉得，如果我们之间的回忆有bgm（背景音乐）的话，这些曲目一定是循环播放的。听完歌，胡乱吃了一些快餐，就开始做爱。”

“少年时代的恋情真让人怀念。”

“是啊。但是我的恋情却成了不堪回首的过去。”

“怎么会呢?”小津关切地问道。虽然她话不多,却给人温暖贴心的感觉。有种恨不得把所有心事一股脑说出来的冲动。

“凌晨的时候,楼上传来了诡异的声音。”

“什么声音?”

“哭喊,和叫骂。声音很大,邻居都给惊动了。”

“是谁?”

我听到了父亲的声音,不知什么原因他提早回来了。母亲在哭,在叫,从来没有听到她这样声嘶力竭地哭过。然而,楼上还有另一个声音,一个陌生男人的声音。至今我也不知道发生了什么。我始终没有打开那扇门,连想都不敢想。

“其实你内心比谁都明白吧。”

“是啊,居然和母亲如此默契,万万没想到。”我不合时宜地自嘲了一句。

“邱臻呢?好像忽略了她。”

“当时我蹑手蹑脚地锁上了房门,邱臻醒来问我发生了什么,我说我不知道。她几次叫我开门出去看看,都被我拒绝了。我异常坚定地告诉她,死也不会开门的。”

“没打算告诉她实情?”

“其实是逃避。自己都无法接受的事情,如何向她坦白?当时已经感到,我们之间要完蛋了。一旦发生了这样的事,就不可能继续了。我们太年轻,还无法做到体谅彼此。”

“你怎么肯定她不能体谅?”

“当我告诉邱臻不会开门之后,她就不说话了,好像很无助。大概十分钟以后,外面渐渐安静。隐约听到他们离开了,不知去向。也许是在一个我不知道的地方解决问题吧,毕竟父母都是脸皮很薄的人。他们走后,邱臻也走了。我们就这样分手了。”

“当时受到的打击不小吧。”

“可不是,这打击一直延宕到现在呢。这事过去一年以后,父亲失踪了,我再也没有见过他。”

“你觉得他的失踪和这件事有关?”

“谁知道呢。但能肯定,那天父母都清楚我在房间里,听到了这一切。或许他们也清楚,我在拼命置身事外。”

说完这番话,感觉自己就像一个刑满释放的犯人。

小津看着我，神情忧伤起来。

“很快你就会见到他。”

穿过走廊，我们攀上三四节很陡的旋转楼梯，前方有些喧闹，似乎有盛大的场合正等着我们。

“到了。”小津说。

有如开启了魔盒，喧嚣潮水般涌来。我听到欢呼和掌声，有人在大笑，有人在恸哭。

我们来到了腾空船的顶层，面前是一个巨大的舞台，被数百名观众包围。舞台上有三头大象，两只狮子，还有一只白孔雀。乍一看，这些动物的体型比我以往在动物园里看到的大上许多。大象的背上铺着人工草皮，上面站着几个正在表演杂技的艺人。狮子端坐在舞台两边，目光炯炯，全然没有透露猛兽的凶恶。白孔雀则盘桓在舞台上空，不知疲倦。原来孔雀是会飞的，在动物园里可是难得一见。

舞台的背景是早期电影海报风格，上面印着一个老人的头像，就像上世纪二三十年代的那种老派电影明星。

“这人是谁？”我大声地问。

“他是这里的负责人。”

“地位很高？”

“是的，这是他的葬礼。”

“葬礼？可是这完全不像是葬礼的样子啊。”

“一切都按照先生的意思来办的。”

我流下了眼泪，说不上为什么。

几个踩着高跷的妙龄女郎从绛红色的幕布后走进了我的视野，她们身着华服，妆容精致。随着高跷女郎的登场，现场爆发出震耳欲聋的掌声，舞台的顶灯唰地一下亮了，全场忽如白昼。这时，其中一个高跷女郎向观众席走来，她轻而易举就用长腿跨过了舞台和观众席的护栏，将目光投向了我，居然是小津。

光顾着惊叹，竟没发现小津刚才离开了。此刻她已换上了华服，俨然另一个人的模样。我想起她的瘸腿。

“腿……没事吧？”

小津俯下身子说：“你说什么，我听不见。”

“你的腿，没关系吧！”我放高了声音，此刻的我一定像是女神身旁的精灵或者侏儒一族。

小津笑了笑说：“习惯了，就和自己的腿一样。踩高跷的时候，看不出我是瘸子吧？”

“真美，我都被你迷住了。”

小津很高兴，脸上熠熠生辉。她又说：“知道嘛,我的演出服得五个裁缝合力才能缝制出来。”

原来小津是一个艺人。我回想这一切,越来越觉得不可思议。这时,小津忽然又恢复了本来的样子。

“是时候带你去见他了。”

我们来到另一个包间。房间中央摆放着一个棺木,里面躺着一位面容暗晦的银发老人。一群人围在棺木周围,轻声交谈,话题似乎围绕着这位老人的生平,丧事的氛围浓郁。

“去看看你的父亲吧。”小津对我说。

我的身体被一股外力推向前去,人群自然地开出道来,并向我投来关切的目光。

虽然老人看上去已有百岁高龄,我还是一眼认出他就是我的父亲。

“原来七八年时间,在这里就是一辈子。”我自言自语道。

父亲看上去比以前瘦小很多,棺木显得宽敞,似乎还能再躺下一个人。这时,几个着灰衣的男子拥入人群,将五六个木偶置于棺木中。木偶和父亲很像,有的年轻,有的年老。它们平静地依偎在父亲周围,似乎找到了归宿。

“林先生三天前在梦中离世,走得很安详,我们不知道你会来,看来还是父子连心啊。”人群中传来一个低沉的男音,无法确定是谁。

“每过十年,他都要重新做一个木偶。”有人补充道。

父亲离开我们的这段时间一直在做自己喜欢的事,真自私。不过我替他高兴,甚至羡慕他。幸好有这些木偶,才能让我看到父亲这几年的样子。

我忽然发现,父亲衣领的扣子没有系好。

“来来来,林奇,赶快给他穿好,不要叫他冻着了。”人群中也有人发现了这个疏漏。这里的人笃信:寿衣穿不好,来世要受苦。

我认真地帮父亲系好了扣子。

“这衣服,还是得亲儿子穿才穿得好啊。”又有人说。

终于,我抑制不住悲痛,扑倒在棺木前,放声大哭起来,就像婴儿那样。

直到房间里一片昏暗,所有人都消失了,我才停止哭泣。

外面传来很大的风声,窗户被震得发抖。

“还有人吗?”我小声地问,声音带着哭腔。

“我在。”

还好，小津没有离开。

“好像有人在砸窗。”我提醒。

小津的瞳孔忽然放大，惊恐地盯着窗口。

“哐当”一声，一团白色的雾气破窗而入。

小津见状立马拉起我朝楼下飞奔。

“虚无来了，千万不能让它抓住。”她说。

虽然她腿脚不便，跑起来却丝毫不受影响，简直像飞一样。

我更加肯定了。

“是梦吧，都是梦而已。”我对小津说，“既然是梦，无论怎么努力都不会改变什么。”

小津放慢了脚步，对我说：“你错了，这里只是一个暗箱。永别了，林奇。希望你不要忘记啊。”

“忘记什么？”没等我说完，“虚无”就缠住了小津，她正在消失。我想抓住她的手，奈何“虚无”整个压下来，她变成了白乎乎的一团。

这时，我脚下一空，不住地往下掉……

究竟是梦还是死亡？抑或两者都不是。

我已经开始遗忘了。

家鸭

石梓元

家鳄

当我也成为一名推销员，拎着曾属于我父亲的那只鳄鱼皮质手提箱在氛围迥异的城市间游荡，为了向形形色色的人推销变装晚会礼服，我不得不与他们闲聊。当我们的话题无可避免地指向了我的父亲，我都会为这次最终毫无实际成效的聊天感到惋惜。可我又有什么办法呢，无论他们问起关于我父亲的任何问题，我唯一确定，唯一能回答他们的仅仅只有那同一句话。

“我父亲变成了一只鳄鱼。”

听过这句话的人都把我当做了一个精神病人，更不用说买那些因长久滞销而渐渐失去光彩和活力的变装礼服了。

那件事并不是眨眼之间仓促发生

的，而是在那一整段我父亲自称为“金色时期”的日子缓慢地持续推进。就如同自然界中其他经历过一场剧烈变态的动物——比如美好的蝴蝶——变成鳄鱼也需要一个过程，一个赋予这种惊人转变以合理性的渐变过程。凡事都急不得。所以，那段日子远比你想象的要更为平淡，以至于似乎没人记得家里还活着那么一个东西。那天，当我看到父亲扑闪起那如军旗般宽阔、猎猎作响的黑色尾巴，撞开屋子的正门慌忙逃窜时，就连我的母亲也没抬头张望一眼，她仅仅只是一不留神失手掉了汤勺，随后她一边摇头，一边用食指和拇指从汤里重新捞起它，开始喝面前的早餐汤。可我还清晰记得我父亲出逃时发出的最后一声嚎叫，那既不像人的语言，也与一只正常鳄鱼或任何爬行动物的吼叫相差甚远。那更近似于某种被彻底物质化了、与自然协调相反的机械震动，比如说撕扯布匹的刺啦一声。

因此，由人变成鳄鱼这种生命形态上的退化，远不如他在那段“金色时期”里一反往常的生活更值得记录：那时，他忘记了生活中所有琐碎的具体事物，而是全身心地陶醉在对精神领域的不懈探索中；并且终日保持着高度兴奋，像极了一个敏感型神经官能症患者。而我和母亲则成为了他那些抽象、难以理解并且神秘莫测的长篇大论的忠实听众。他不再需要床铺，长时间躲在那间蒙尘的储藏室里，并锁上门，拒绝任何人进入；不吃不喝，研制为了证明上帝真实存在的科学工具。

"金色时期"，这个词是他为自己命名的，他对我和母亲绝口不提这个名词的含义，甚至某一次我侥幸进入那间储藏室，只是无意识地问起了这个词，他便即刻勃然大怒，砸毁了将要完成的七天使雕塑系列中最后那个半成品，他面红耳赤地胡乱嚷着，把我赶出了房间，这一切看起来更像是我的提问戳到了他某个隐秘的羞耻之处。我双手护脸以防被飞来的雕塑碎块砸伤，慌乱地撤出了他的储藏室。然而在最后离开时，我佯装关上了门，待沉寂占领整间屋子后，我又潜行到那扇房门前，半蹲着，死死屏住气，通过那道细若针尖的门缝窥探父亲——他瘫坐在正方形房间的正中央，神情异常悲伤，他把那些黑色黏土的碎块全揽到自己面前，其余六个完整的黑色天使背对傍晚的灰黄色夕阳、双手交叉，整齐地在他身后站成肃穆的一列。然后，他低下头抽泣起来。下一刻，那反自然、突破想象并彻底超越语言表达能力的事情便发生了。我敢肯定，对于难以观察却真实存在的变态来说，那一刻是至关重要的转折点，他身上残存下来仅有的一丝人类理性因羞耻而消失殆尽。“金色时期”，这可能仅仅只是一个代称，又或许根本不止这么简单。关于它，要从他最近也是最后一次回归开始说起。

在一个带满冬季凌厉倒钩的夜晚，天空异常宽阔，没有一丝云。雪花洋洋洒洒地弥漫，铺天盖地的白色像是从天堂降落的神圣位移，在接触地面以前，它们自动卷成类似肺腔的教堂穹顶，并且一层层铺出生冷、高耸直上的阶梯。丝滑温柔的雪地把所有月光加倍投射到了每一幢建筑上，漆黑的白昼涌入每扇霜冻的玻璃窗。这座城市整个浸泡在了异常辉煌的神圣酒杯里。我和母亲跪在圣像龛前，开始做睡前的晚祷。

她开始念祷词了，声音舒缓而平静，就仿佛对这可怖的夜晚毫不知情。

“我们在天上的父，

“愿世人尊你的名为圣，

“愿你的国……”

正门被猛地推开了，一个超乎常人个头的影子赫然投在地板上，那些密谋已久的邪风一股脑灌进了屋，扑灭了餐桌上的蜡烛。母亲失声尖叫起来。可那时我已经认出来了，门口那个背朝月光的黑色身影是我的父亲,就只因为他拎着那只鳄鱼皮质手提箱。皮包表面上的月光被纵横的沟壑粗暴割开,染上了黯淡的黑色。

“是我。”他说话了。声音闷极了,就像是一个被木箱牢牢困住的人发出的呼救声。

“噢。我的上帝啊。伯尔,是你吗?”

“是的。没错。伯尔是我的名字。”他走进到衣帽架前,脱下了笨重的大衣,抖了抖衣肩上的积雪,把它挂到了钩子上。他一直没有放下那只鳄鱼皮质手提箱。这时,蜡烛被重新点了起来。

“再也没人对变装礼服感兴趣了。”这是他说的第一句话。

然后,他走到了烛光能照亮他的地方。可我却彻底认不出他来了,要是没有那只鳄鱼皮质手提箱,我相信自己会一口咬定这个男人不是我的父亲。他原本瘦小孱弱,常常受困于换季时的各种流行疾病,被那种机械的推销生活压榨到了驼背的地步。可站在我面前的这个人却粗壮结实,脸上的神情严肃酷似僧侣。原本我父亲五官上圆滑软弱的部分都被铲除干净,他突兀隆起的鼻子有种大理石般反光的坚硬感,薄嘴唇紧闭着,上下唇间紧窄的空隙像是用鹤嘴锄凿出的一道沟壑。他的领子不像往日那般扣上了所有纽扣，他健硕的躯体在撑着这件衬衣，然而即使少扣一颗，衬衫两边仍然被扯向了不同方向，随时都有崩裂的危险。尽管如此，我依旧相信这是我的父亲，因为他是紧攥着那只鳄鱼皮质手提箱走进这间屋子的。十几年来他的几百次回归制造了一种强有力的幻觉：这只鳄鱼皮质手提箱就意味着回归本身。

“伯尔，近来我们的生活不怎么容易。”我母亲试探性地暗示他。自从五六年前的那阵变装晚会风潮以来，我已经很久没再听到母亲说出这句话了。然而最近只消看看那日渐寡淡的三餐，我就能明白家庭经济早已一声不吭地走上了下坡路。

“你们知道吗？今天，伯尔看到一只乌鸦停在榉树上，思考贫困的意义。”

父亲说完这句话，我和母亲便不约而同地对视了一眼，我们都看出了对方眼神里的慌乱。

“上流社会抛弃了变装把戏，土耳其人带来了新的时髦风潮。”父亲边说边打开了那只鳄鱼皮质手提箱，从里面把晚会礼服一件一件拿出来，“他是哥萨克骑兵，她是埃及皇后，还有这个，中世纪的圆桌骑士……”我惊讶这个箱子的容量竟然完全超过了它的实际大小。这些东西像是他把手伸进了一只活生生的鳄鱼的嘴里，从它硕大无边的肚子里掏出来的。

最后，他把空箱子倒转过来，抖了抖，一枚塔勒银币响亮地掉到了地板上。它没有摔倒，而是直立着滚远了，我们三个人都牢牢注视着，直到它钻进了那个大橱柜与地板的漆黑缝隙里，消失不见。

“啊！一个多讽刺的隐喻。”我的父亲突然小丑式地大笑起来，使劲鼓掌。

“它全面而玄妙地总结了我们的生活。”他补充了一句。

母亲为打破这种诡异幽默的气氛做了一次徒劳无功的努力，她说：“呃……伯尔，你累吗？我想你应该早点休息了……不过，我非常高兴看到你很好……”

父亲的笑戛然而止，使劲挥手打断母亲，说：“伯尔知道你要说什么。因为每个人都会这么说。伯尔的妻子，伯尔很高兴看到你很好。伯尔的儿子，伯尔很高兴看到你很好。那么，说完了。伯尔去休息了。”他提着那只鳄鱼皮质手提箱起身离开，却没有走向主卧室，而是那间储藏室。

“我们正在做晚祷。你也来吗？”我母亲鼓足勇气叫住了他。

听到这句话，站在储藏室门前他明显停顿了一会，随后缓缓地转过身来，他枯绿色的双眼在颤抖的烛光中闪闪烁烁，我看到他笑着。但是那苦行僧式的笑却仅局限于那两片锐利嘴唇的末梢。他说：

“伯尔快抓住上帝了。”

说完，他关上储藏室的门。我们还听到了上锁的咔哒一声。

“噢！我真不该对他说那句话的。可怜的伯尔。”我母亲哀怨道，“他显然被自己的工作给压垮了。”

“我们还接着祷告吗？”我问。

“不、不，我得进房间了，起居室真是静得让人害怕。我的上帝啊。”我的母亲在胸前画着十字，快步小跑开了。

于是客厅里只剩下了我一个人，在烛光探不到的角落里，空荡的寂静又重新滴答作响。我仔细回忆父亲说的几句话，发现他的语言能力已经彻底退化了：他口中的所有名词都是阳性，除第一格以外不存在其他三格，每次只能吐出一个简单句；更严重的是他甚至失去了第一人称的概念。这一切突如其来，让我猝不及防。直到后来我才明白，这仅仅是变态和那所谓“金色时期”的开端。

两天后，我和母亲正在吃午餐，摆在面前的餐盘里盛着剩下的最后一根白香肠。那时，父亲从储藏室里莽莽撞撞地冲了出来，直奔到餐桌前，夺过我的铁勺子，猛地一把塞进了自己嘴里。随即，我看到他整个人从头到脚剧烈一颤，陷入了绝对忘我的疯狂迷醉状态里。他一个词一个词地宣布：

“死亡，有，金属的，味道。”

“你在说些什么呢。”我母亲对这个真理毫无兴趣，她皱着眉，面色戚愁，说，“伯尔，我们马上就没东西吃了。这两天来，你都在关心什么？”

“明天，伯尔，会向你证明上帝的存在，以一种高度纯粹、毫无反驳余地的科学方式。”父亲说。

他没有把铁勺子还给我，而是像某种前肢短小笨拙的动物那样叼着那把勺子，重新躲进了他的储藏室里。

“这下我就没勺子了。妈妈。”我对母亲说。

她默不作声，平静地把最后一根白香肠切成了两半，然后用叉子叉起一段，送进了嘴里。她一口一口咀嚼之后咽了下去。最后她抬起头，牢牢注视我的双眼。

她诘问我：“你需要勺子吃什么吗？”

午餐后，钟刚敲过了三次，黑夜就降临了。我母亲像平日那样早早地上床睡了。我坐在起居室的玻璃窗前，陷入漫无边际又奇诡扭曲的非理性迷思中，种种往事和不同幻象在大脑里互相混杂，它们制造出一种栩栩如生、如现实主义般一丝不苟的虚假图景，这几乎让我信以为真。在这个出神的时刻，恍惚间有某种类似潮水的声响穿过了想象的乳白色迷雾，进入我的耳朵。我凑近窗户，抬头伸长脖子左右探望，就当我快要从那黑暗中辨认出某些运动的模糊轮廓时，身后一股福尔马林的浓烈气味却逼我不得不转过头去。我父亲左手捧着一座烛台，枯绿色眼珠在烛火的映照下熠熠闪光。他纹丝不动地站着，仿佛他已经在我身后等待了四十年。

“时间，是一种，假象。”他向我宣布，然后问，“告诉我，托马斯，今天是哪一天？”

“今天是……呃……可以说是周四。”

他听到这个答案，心满意足地咂嘴，朝我凑近了一步，继续问下去：“那么，周四又是哪一天？”

“啊……呼……”我长吁了一口气，“我只知道昨天是周三，所以今天是周四。”

“对了，没错。棒极了。就是这样。完全正确。”他又向前跨了一步，这下我们的脸快贴上了，我看到他的眼珠似乎因为兴奋而失控了，它们各自在神经质地飞快运动。

他狂热地发表了一通手舞足蹈的演讲："所有人是在连续性中认识时间的，可连续性是一套多么容易出错的脆弱系统啊。某天被所有人遗忘了，发生这事的可能性比人们看到一只乌鸦站在榉树上的几率还高。谁能自称他可以完美证明人类现有的时间轨迹是正确的呢？所以说，一个，人，绝无可能认清他身处其中的时间。除非他借助上帝的帮助。只有上帝是全知的，他不受任何一种形式限制，他来去自由。大概可以想象，时间在他面前只是一卷自动钢琴乐谱的残片，他只需要短短一瞥便皆可悉知。然而，伯尔就快抓住他了。托马斯，你将和伯尔一起分享黎明前夜的无可超越的幸福，这段短暂等待是灿烂、神圣并且飞逝的。"

黑暗中，父亲把什么东西塞到了我手中，它摸上去是个形状怪异、嵌有附件的金属棒状物。他半蹲下来，在我手中摸索了一阵，当我还惊异于他手掌粗糙、结着硬块的触感时——直到他最终变成鳄鱼那天，我才明白，原来对于他这次寻找上帝但注定失败的尝试，审判的锤子在最初就已经落下了——一阵突如其来的痉挛便瞬间贯穿了我的全身。我半张着嘴，说不出完整的话，只能不停地重复着一个词——闪电。

他拿出一个敞开着的金属盒子，接过我手中的棒状物，放进盒子的一处空当上。里面所有的零件裸露在哆嗦的怯懦烛火中。自那天起，四十年后，我还清晰记得当自己认出某个意大利人发明、被称为无线电发射器的东西，与那个辉煌冬夜中父亲向我展示的金属盒子完全相同时心中难以描述的震撼。

“就是这个东西。它向万物传递信息。植物、动物、星体、宇宙空间包括上帝。某一天，它会被大众发现，它将作为证明人类智慧的荣誉徽章被永远镶嵌在神圣历史中。在那时，大众将借它抓住上帝。从那以后，语言将被彻底淘汰，将被提炼、进化，所有人将进行纯洁、不存在任何误解的精神性交流。这种在沟通上的回归将完全超越使用单一语言的前巴比伦塔时代……”

父亲滔滔不绝地说着，我却很难跟上他的思路，于是我不得不打断了他：“您的意思是，上帝会接到它发出的信号，然后对我们……有所回应？”

“没错。”他说。

他蹲下来，启动了那个机器。它没有任何我期待中的巨大响动，仅仅只是安静地闪着黄光。我问父亲:“就这样?”

他看出神了。直到几分钟后,他终于吐出了一个词:“没错。”

“那接下去我们需要干什么?”我也蹲下来,盯住了正发出黄光的那个凸起点。

他毫不迟疑地说:“等待。”

然而直到早上,钟敲了十响,残酷的太阳照亮了他那已由枯绿转为铜黄色的、鳄鱼般的眼珠时,什么事情都没有发生。

自那次失败之后,父亲躲在储藏室里的时间更长了。有一次,他不声不响地在里面待了十天,直到第四天我母亲还坚持着敲门询问他是否想吃点什么,第五天被父亲拒绝后,她也不再费神关心他了。迫于生计,她不得不干起了家庭洗衣的活计,整日坐在洗衣盆旁,脚边摞起的各式衣物如同一本大部头里繁长而冗杂的书页。她的运动除了给洗衣盆换水以外,只剩下了双手机械式地来回搓揉。或许是因为受困于这种冰冷、单调至极的工作,她开始抓住任何可能的机会向我抱怨:生活对她的不公,上帝的意志是难以捉摸的。其中唯独没有我父亲。倘若我一不留神提起了他,她便以人类观察秃鹫的眼神死盯住我,仿佛我在讲述某个古老隐秘的阿拉伯传说。

在某个周日转瞬即逝的黄昏时刻,我见证我父亲从房里走了出来。绝食十天并没有使他消瘦,他只是看上去面带倦容。他眼神朝下,木然地走到起居室的中间,伸出右手指了指天花板,然后蹲了下来,用手指敲打地板,接着他把耳朵贴上去,仔细倾听了一会,最后又站了起来。那时,他才发现了我。他对我说:"早上好。托马斯。"

"可实际上,现在太阳就快落山了。"

"托马斯,伯尔认为我们需要一架钢琴。"

"那太贵了,父亲。现在家里负担不起。"

"那小提琴呢,或者黑管、手风琴、小号,竖琴…… 任何之类的东西。"

"它们都不便宜,我的父亲。"

"可再也没人对变装礼服感兴趣了。他们只会对你说,噢,他很高兴看到你很好。她很高兴看到你很好。噢。上帝啊。"

"可您又为什么需要这些乐器?"

"因为音乐是上帝的最完美证明。"他闭上眼睛对我说。我看到,他的眼睛凹陷得很深,浓厚悲伤的阴影投在上面,坚如磐石。那双眼睛毫无反抗地容纳黑夜中鬼鬼祟祟的东西,它们在那建起深邃、不透光的巨大迷宫。在迷宫的深处,藤蔓缠结的交叉路口,弥漫出一股粘稠的沼泽味道。

突然间,他警觉地瞪大了眼,两手一把抓得我的双肩尖锐生疼。他慌张地说:“我闻到她了。她就快到家了。你得快和伯尔一起进屋,伯尔需要你的帮助。”于是我跟在他身后进屋,当他正艰难地打开房门时,我看到他的手上布满了黑色鳞块。

“快!她就要进屋了。”父亲对我说。他铜黄色的眼睛在黄昏的余晖中,闪着黄金般精炼而美妙的色泽。自我父亲回归以来,那是我第一次进入那间储藏室。

一打开门,我最先看到一大摊被抓成了球状、几乎快堆到天花板的废纸,每张都密密麻麻写满了难以辨认的字母。我相信,在那堆垃圾里能藏下整整一个蟑螂群落。可我一转过头,却发现窗前极整洁地站着七尊漆黑的泥塑;其中一尊是个半成品,还缺少脸部。它们与常人一般高,但是出奇的单薄瘦削,仿佛纸片。看上去,它们的动作是从人类行走中的某个瞬间截取而出的,有着不可捉摸的向前倾倒的姿态。

“这是什么?”我问父亲。

“天使。”他头也不抬地回答我,蹲在地上专心致志地连接一堆大小不一的管状物体。

“我想天使不应该是这样的。”我仔细打量这六张脸。它们的眼窝像是用剃须刮刀掏出来的，表情冷漠，生硬地拒绝观察者的注视长久停留。我往后退了几步，想要从总体上找出些什么，结果一无所获。

“天使就是这样的。因为飞行不需要翅膀。”他装好了那东西，递给了我，“走到窗前去，托马斯。这是有史以来看得最遥远的望远镜。”一个望远镜带来的惊讶远不及先前制造闪电的金属盒子。可我把眼睛对上时，才明白这种对父亲的怀疑是多么愚昧滑稽。

“托马斯，你看到什么了？”他问。

“尘土。深坑。还有冰块。”那一刻，我也忘掉了所有词格。

过了很久，我在无数个星球间纵情转换后，慢慢从无与伦比的渺小感中缓过劲来。我问父亲：“您为什么不自己看看呢？”

“伯尔的视力已经不允许这么做了。”他指了指自己的双眼，我猜想这个动作大概包含着某种无奈与虚弱的象征含义。

“所以伯尔需要你帮助，你能用这个望远镜来捕捉上帝留下过的痕迹。”

“在每个星球上寻找?”这种毫无希望的愚蠢行为简直让我难以置信。

“没错。”他果断地回答了我。

紧接着,他从衣兜里掏出一卷纸,补充说:“在这上面,我标出了所有星球在冬季天空中的位置。”

于是,在那个漫漫冬夜里,在父亲的指示下,我找遍了视野中每一颗沉默死寂的球体。结果,除了尘土、深坑还有冰块以外,我们一无所获。

太阳升起了,一棵杉树上的雪被阳光晒化,树干上露出了冻伤后红肿溃烂的伤口。有只乌鸦大叫了一声,然后飞走了。

“父亲。春天就要到了。”我有气无力地向他感叹。

“一生只能经历一次的‘金色时期’永远是转瞬即逝的。”他自言自语,神情冰冷严肃。

“父亲,到底什么是‘金色时期’?”我问他。

下一刻,他就发怒了,砸碎了那尊半成品天使雕塑,疯狂地朝我投掷碎块。我落荒而逃,当然也没有忘记留下那道门缝。当屋子复归平静,我窃行到门缝前窥视——父亲悲伤地坐在房间正中央,背后是那六尊没有翅膀、出奇单薄的黑色天使雕塑。

接下去我看到的内容却使我猛地跌倒在地，不由自主地惊惶后退。

我冲进了主卧室，母亲坐在梳妆台前，她看到镜子中的我毫不意外。她的神情告诉我，在这个破冬的初春早晨，她专门等候着我的闯入。

“变成鳄鱼了。他就要，”我一边喊叫，一边伸手往卧室门外指，“变成一条鳄鱼了！”

“托马斯，你在说什么呢？”她疑惑不解，说“我们该吃早餐了。”

“就在那！就在储藏室里。鳄鱼。”我死命打手势，试图向她证明这件荒谬、完全不属于白天的事。

“我不明白你在说什么。”她皱起眉头摇了摇头。

“爸爸。鳄鱼。伯尔。一个东西在储藏室里。雕像碎了！变成一条鳄鱼了。”我试图把一切都串起来，从头到尾讲给她听。

“你昨晚是不是没睡好？托马斯。”

“我很好！我现在好极了！我从没这么好过！”看着母亲没有搞清状况、继续不紧不慢说话的样子，我几乎快嚎叫着跳蹿起来。

“噢。我非常高兴听到你很好。感谢上帝。”她在胸前划了一个十字。

“不。不。不。不。您现在就该跟我去储藏室看看。”我抓起母亲的手，跑向储藏室。

“慢点，托马斯。你在着急什么呢。”她被我拉着，一边呻吟。

我们站到了储藏室的门口，那道极细的门缝还留着。我说：“您自己进去看一眼吧。”说完，她便毫不迟疑地打开门，走了进去。紧接着她反手关上了门。

过了半分钟，她平静稳健地走了出来，手里拎着那只鳄鱼皮质手提箱，诧异地上下打量了我一通，说：“托马斯，我想你可能病了。吃完早餐后，我会去请鲁道夫医生。”

“难道你没看到一条庞大漆黑还张着血盆大口、在地板上扭动的鳄鱼吗？”

她摇了摇头，然后提起了手中的鳄鱼皮质手提箱，说：“里面除了这只箱子什么都没有。”

末了，她还补充了一句：“你父亲正在推销旅行。他在出发前就说过，到夏末他才能回来。”

一小时后，我和母亲在餐桌前坐了下来。黑面包、软奶酪、熏肉片和早餐汤都沐浴在第一缕和煦圣洁的初春阳光中。母亲抓住了我手，接着便开始了餐前祷告：

“感谢主。”

我听到储藏室里传来一声震耳欲聋的闷响。

“是他赐给我们这些久违的丰盛食物。

“父亲怎样怜恤他的儿女，

“他也怎样怜恤敬畏他的人。”

“阿门!”我们一起念道。我母亲拿起了勺子，正准备喝她面前的汤。

这时，一声机械的、类似撕扯布匹发出的冷漠嚎叫响彻了整间屋子。然而，她却似乎什么都没听到，只是一不留神失手掉了汤勺，随后一边摇头，一边用食指和拇指从汤里重新捞起它，开始喝面前的早餐汤。我抬头看见——一条鳄鱼冲过了起居室。它夺门而逃。

“母亲?”我转过头，小心翼翼地问了一句。

“怎么了，托马斯?”她在盘里搁下勺子，说，“今天的汤很好喝啊。”

“没什么，我很好。”

“噢。我非常高兴听到你很好。感谢上帝。”

直到第二年夏末，父亲也没有像母亲所说的那样回归。于是，我继承了他的一系列工作和所有变装礼服。当然了，还包括那只鳄鱼皮质手提箱。我还年轻，我有信心。我对未来充满希望。我坚信，在不久的将来，变装晚会的浪潮一定会卷土重来。

找条青蛙

林为攀

发条青蛙

1

在探访蛙镇的路上，我结识了一个夸夸其谈的司机。这个司机浓眉大眼，颇有明星风范，就是那张嘴，一路都没有停过，像只呱呱叫的青蛙让我不胜其烦。不过我倒在他的话中，断定我此次出行应该不会像上几次那样无功而返。

这些年来，为了寻找蛙人，我的足迹遍布大江南北，但每次都是乘兴而去，败兴而归，就在我绝望之时，我无意间通过朋友的嘴得知：蛙人生活在蛙镇。

这个朋友年轻时供职于政府部门的情报科。他很健谈，也很聪明，如果一个普通人健谈又聪明，无疑会在追求异性方面具有优势，但在情报工作方面，健谈无异于一颗炸弹，随时都有爆炸的危险。

事实也正是如此，这个家伙嘴上没个把门，透露了很多国家秘密，让国家损失惨重。据他所说，情报工作枯燥乏味，同事都像木偶一样，不苟言笑，说话从来不超过两句，为此，他就像一个性欲得不到满足的人，逮到机会就跟人说个不停，不仅在我面前如此，在陌生人面前更是滔滔不绝，好像要把一辈子的话都一股脑说完似的。

很多听完他说话的人都惊讶得张大了嘴巴，不是觉得对方在吹牛，而是为对方如此藏不住秘密而感到惊诧。大家都知道他是情报人员，因为他在上班第一天就在公开场合暴露了自己的身份。很快他的上司就让他滚蛋了。

“情报员要像一头沉闷的牛，而不是像一只聒噪的公鸡。”上司认为他不具备情报员的特质。就这样，这个看似能给他镀金的身份很快让他吃了苦头，但这个家伙却把自己遭受的不公待遇归咎为官场的险恶。“那些人是嫉妒我的能力，”他说，“看来有才华的人在哪都会受到倾轧。”

丢了工作的他很快怀念起了情报工作，出于职业习惯，他会格外留意每天报纸的头条，有时还会给我分析某个国家领导人出访背后的实际意义是什么。我虽然将信将疑，但出于对他能力的认可，还是硬着头皮听他说个不停。这还不算,他此后更是对一些报纸上刊登的寻人启事分析一番。我就是这样得知了蛙人的事迹。据他所说,上个千禧年人类曾有一度停止了繁衍,这跟官方口径大相径庭,众所周知,那时是人口爆炸的高峰期。他见我不信,用性命赌咒发誓:“当时人类真的到了生死存亡之际。”证据就是蛙人的出现。

“蛙人是介于蛙和人类之间的生物。是科学家为了让人类继续繁衍发明出的一种生物。蛙人的发明是为了补充人力资源,因为人手不够了。当科学家解决了人类生育难题后,这种盛极一时的蛙人就被秘密批捕杀害了。”他说。

“科学家为什么不发明机器人代替人类?”我提出了自己的疑问。

“研发机器人需要的资金远比发明蛙人昂贵。”他说。

他还跟我描绘了一番彼时青蛙麇集的盛景。那个时候,世界各地蛙声一片,用青蛙补充人力是再合适不过的方法。至于带来的伦理问题,“都在上个千禧年那刻解决了”。

而解决的方式就是秘密杀害。

说实话,我刚开始是不信的,这家伙不去写书真是可惜了。我甚至建议他从事写作，把他脑海里的胡思乱想全部写出来，肯定会大卖。但这厮却甩给我一个白眼，告诉我说："我所说的全部是真的，爱信不信。"

那段时间，我的写作陷入了瓶颈，每天百无聊赖，明明脑海里有很多想法，就是没办法下笔写出一个字，就像难产的孕妇，这种感觉令人非常不爽。在咖啡馆枯坐的无数个日子里，有一天这个家伙又走到我面前，我马上抱起电脑就走，但他却没像前几次那样让我留下来，而是坐在我刚坐过的位置上，嘬着我喝剩的咖啡渣，跷着二郎腿，一副欠扁的样子。

"有好事？"我很好奇。

他没理我，而是用眼睛睃着这家咖啡馆。吧台上的女服务员个子小小，胸前却颤颤，让他舍不得挪眼。我好话说尽，甚至给他买了一杯咖啡，他才把视线放到我身上。他不紧不慢地把一大杯咖啡喝完后才开口说话：

"我是来给你提供写作思路的。"

说完丢给我一叠写着"内参"字样的资料。我一张张翻看，发现里面的内容就是他最近几天不厌其烦地提到的蛙人事迹，资料内容超出我的认知范围，很快就勾起了我的好奇心。除了照片外，资料还标有国家最高机密指数：五星。这家伙，总是有办法搞到别人搞不到的文件，据他所说，这些内部文件是他通过出卖色相，从一个老处女手上搞到的。我死死地盯着他，想不明白到底是怎样饥渴的女人才会对他感兴趣。他被我盯得很不好意思，只好坦白道："我是花钱买的啦。"

从那以后，我每天夜里睡不着的时候都会翻看这叠资料，我觉得这些资料只要稍加整理，就是一篇不错的小说。但随着研究的深入，却让我打消了此念，我打算探访蛙人的足迹。因为据我的朋友说，蛙人并未全部灭绝。千禧年那天，有一男一女两个蛙人通过巧妙的伪装躲过了追捕，逃到了一座连卫星都无法定位的山里。

此后，我便开始了为期数年的探访工作，但每次都一无所获。就在我行将放弃之时，我的朋友又走到我面前，告诉我说："蛙人在蛙镇。"我听过蛙镇的名字，此地在南方，崇尚辟谷养生，奉行素食主义，多年来一直默默无闻，但在前几年，蛙镇这个名字一下子变得人尽皆知，不为别的，就是因为这里盛产的田鸡让这里的人改吃荤了，并影响了蛙镇之外的其他地区。人类终于在吃腻了各种千奇百怪的动物后,对这种稻田卫士举起了筷子。

我得在赶在这股奇怪的饮食风潮过去之前,抓紧时间去往蛙镇探明真相。就这样,我告别了我的朋友,踏上了一列开往南方的高铁。

分别那天,我的朋友眼眶红红,沉默寡言,像换了一个人。我以为这厮是舍不得我走,只好安慰他说:"我很快会回来的。"但他却说不是因别伤情,而是怕我这次会遇到不测。那一瞬间,我有点感动,我们的友谊也在他的这句话中升温了。没想到这个世界上还会有如此关心我的人。自从我开始了这项棘手的查访工作后,我的女朋友,我那个准备跟我在教堂举行婚礼的女朋友,终于在婚礼那天跟伴郎跑了。

"放心,我打得过青蛙。"我说。

"不,我是怕你揭穿了这个国家不为人知的秘密,从而给自己惹上不必要的麻烦。"他说。

2

现在,我忍受着这个聒噪的三轮车司机,颠簸来到了蛙镇。我对现代社会竟还有像蛙镇这样落后凋敝的地方感到无法理解，而且声控手机在这里也无法使用，必须要在网上购买几百年前的翻盖手机才能和这里的人联系。三轮车司机刚开始表现得很怕生，但在我数次快被颠出车外后，他很快变得比我的朋友还能讲了。甚至还义务给我介绍哪种蛙最好吃。这个家伙告诉我说，虽然蛙镇很多餐馆卖蛙，但最正宗的只有那家“稻花村”。很多从大城市里来的妙龄女郎吃过以后都舍不得走了。

为此，镇上很多讨不到老婆的老光棍灵机一动，用几只田鸡就娶到了这些女子。“我要不是见青蛙头晕，他们哪有机会？”这时我才看清司机的长相，居然眉清目秀。没想到，才过短短几年，女人择偶标准就从长相回到了食物上。我还记得以前的社会，很多女人只要有一口热饭就愿意献出自己的身体，没想到在这个现代社会还会发生这样的怪事。

我跟司机说我在蛙镇停留三天，到时过来接我。互换电话后，这辆三轮车从我面前绝尘而去，留下一屁股灰尘让我咳嗽连连。蛙镇正在起牌坊，牌坊用铁搭建而成，有点像缩小版的埃菲尔铁塔，顶上一左一右两条吐着火球的黄龙，中间“蛙镇”两字隔老远就能瞧见。

蛙镇不大，但每家餐馆前都停了很多豪车。有人一笼一笼地往餐馆送蛙，拥挤的蛙睁着大眼睛，叫得我心烦意乱。很快这些蛙就被从中剖开，去内脏，丢到一个个塑料盆里，盆里堆满了刚杀的蛙，这些挺直了四肢的一具具尸体，在空气中散发着血腥味。我走进“稻花村”，见到了老板娘。但是很奇怪，在大热天里，老板娘居然全身包得严严实实，而且还戴了手套。我看着很快端上来的爆炒牛蛙，有点反胃，最后只好胡乱咽了半碗米饭。

虽然我在此地没有熟人，但好在宾馆不少，我找了一间看上去稍微干净的宾馆，躺在散发着霉味的床上想这三天我该怎么做。但旅途的疲惫很快使我进入了梦乡。我做了一个奇怪的梦，在梦里，我发现蛙镇那些被杀死的蛙全部都活过来了，而从外地慕名而来的食客一个个都成了蛙的盘中餐。从梦中惊醒过来的我听到一阵急促的敲门声，我打开门，宾馆老板给我端来晚饭，我一见又是青蛙，这次是青蛙炖莲藕，我看到蛙腿像女人的大腿那样雪白，顿时吐了一地。老板叫来服务员打扫，却忘了把晚饭端走，我只好从厕所拿出厕纸，揭下一圈，盖住碗。但很快我的肚子就在叫唤了，我哆嗦地端起碗，试探性地用筷子蘸蘸，用舌头舔舔，发现味道竟然还不错，于是我不由分说，三下五除二干掉了这一大碗青蛙炖莲藕。

吃饱喝足后，我躺在床上消食，这时我的手机屏幕亮了，是我的朋友发来的短信。

“到没？”他的短信倒很简洁。

“到了。”我回。

“你还是赶紧回来。”他说。

“这么快就想我了？”我说。

“我总觉得哪里不对劲。”他说出了自己的担忧。

我没去管他，这家伙年纪越大，胆子越小，说实话，刚开始认识他的时候，我确实非常看不惯他的絮叨，但随着接触的深入，我发现每个人都有不同的表达方式，有的人喜欢通过不停讲话来证明自己的存在，有的人则像只安静的鹌鹑一样。不管是聒噪还是安静，我认为都情有可原，但要是畏畏缩缩，我就会觉得无聊透顶。

现在这家伙就有点让我厌烦了。想起这些年和他交朋友的过程，我总觉得他健谈的外表之下掩藏了一颗没有安全感的内心。他对这个世界没有信心，或者对自己没有信心，每次听他讲话的时候，我就觉得他的话带有一股颇为伤感的气息，我承认这股气息曾一度让我着迷。虽然我跟他关系很要好，但我只了解他这些年的经历，对他从事情报员之前的情况，我一点都不知道。每个人都有过去，每个人都有童年，要想跟一个人深交，只有互换童年经验才能让友谊更为牢靠，这种法则同样适用于爱情。但说来可笑，我那个曾经互换过无数次童年往事的女朋友，最后却跟一个认识没多久的人跑了，而且那混蛋还是我的发小。在结婚前一天我才把女朋友介绍给他认识。

好几次我都想知道我朋友的童年，可他每次都巧妙地转移话题。不彻底了解一个人，我总觉得不踏实。就像我现在躺在床上，对这个刚踏足的蛙镇却一知半解，我隐隐觉得有些不安。但这种担忧绝非我朋友所说的那样，而是对一个陌生之地天然的不适。

这些疑问加剧了我的疲劳。为了不让自己再睡过去，我从随身携带的包里掏出了那叠资料，包里还有那张地图，画圈的地方就是这些年我去过的地方，密密麻麻堪比经纬线。别看这张地图只有十张 A4 纸那么大，但却让我淌了这辈子最多的汗水，穿坏了我无数双鞋子，更为重要的是，我的积蓄大部分都花费在了这上面。要是这次还无功而返，我就得寄人篱下了。

资料上的照片眉眼之间好像似曾相识，下面还有一行文字说明：

1号长跑蛙人，性别女，适合从事马拉松。

另外一张资料的文字说明是：

2号跨越蛙人，性别男，适合从事跨栏。

就在这时，窗外传来一阵蛙鸣。我掀开窗帘，看到夜幕下的蛙镇熙熙攘攘，那些笼中蛙发出的蛙鸣遮住了车辆的鸣笛声。我问老板有没有隔音效果好的房间，老板两手一摊，双肩一耸，表示所有房间都这样。他神秘兮兮地告诉我说，别看蛙镇看上去很热闹，但除了这些蛙，那些人，其他动物早就在蛙的噪音下绝迹了。就连山上的树木都枯死了不少。要是受不了这种噪音，倒是可以卖我两个防噪棉。

“往两耳一塞，世界就他妈立马清静了。”他说。

我看着他从兜里掏出的所谓防噪棉，婉拒了他的好意。太脏了，我怕自己的耳朵感染变聋，以后真的听不到这个世界的声音了。

为了验证老板的话，我借助微弱的手机光亮摸到了山上。这个时候，月亮刚被云遮住，四周什么都看不见，只有这条小路消失在光亮尽头。对于这样的山，这样的路，我见得太多了，我还记得我有一次跑到西北地区的密林里，差点掉进悬崖，谁能想到悬崖竟会藏在茂盛的草丛里，要不是一根藤蔓勒住了我的手臂，或许我早已命送断崖了；还有一次是在东南地区的深海里，我戴着氧气罩，背着氧气筒，潜入深邃的海底，最后差点因为氧气消耗过快窒息而亡。

以上两次我都是误听人言，以为蛙人出现在西北山区和东南海域。那两次的冒险经历，让我一度濒临绝望，打算将就余生。好在我的朋友，又是我的朋友，让我重燃了斗志。这时，从云里钻出的月亮，照亮了这条小路。无数次遥望月亮的时候，我都会想月亮的背面到底是什么。当然月亮的背面从某种程度上来说也是正面，太阳照耀不到的地方就是背面。也就是说，正面反面是互相轮替的。透过月亮光辉，我看清了这座山。正如宾馆老板所言，山上草木不生，本该在夏夜发光的萤火虫也不见一只，就连蚊虫都没有一只。

此时，我听到前方似有动静，悄悄摸上前去。

3

我的朋友见我这么快跑回来感到有点奇怪。

他以为我这次又会像前几次那样，起码要待个十天半月才能回来。为此他还甚为可惜地叹了一口气："看来蛙镇的美食浪得虚名，没能征服你的胃。"我没跟他贫嘴，因为我到现在都还无法相信那天夜里在蛙镇所见之事。我这一生，有两件事想不到，一是我的女友会离我而去；二是蛙人和我想象中的完全不同。我需要使自己平静下来，好好梳理在蛙镇的所见所闻。可以说，这两件意想不到的事改变了我的人生：前者让我不再相信爱情；后者让我相信世界远非亲眼所见的那样。

我的朋友甚至做好了随时去搭救我的准备，就像前两次那样。我从悬崖边侥幸逃生后，乘飞机赶来的他陪着丧魂失魄的我回家；我从深海冒出头后，也是他第一时间让我吸船上备份的氧气。这次，他为自己没能派上用场而懊恼，对我遭遇的怪事却绝口不问。这不像他的为人，他这个人若不是没有书写能力，凭借敏锐的嗅觉，本可以成为一个不错的"无冕之王"。

"记者犹如苍蝇逐臭，世界上跑得最快的除了风就是记者。"他对我屡次三番的建议嗤之以鼻。

但这次，他的表现却让我大失所望。我们枯坐在午后的咖啡馆里，他饮着卡布奇诺，我喝着摩卡，满怀心事地相对而坐，两杯咖啡下肚，我那颗在蛙镇受过惊吓的心脏还未平静下来，而他却表现得风轻云淡，打听完蛙镇的美食后便不再理我，又把视线放在了那个人长得小小的、胸前却颤颤的女服务员身上。

蛙镇那个长相俊俏的三轮车司机半夜接到我的电话感到奇怪，这么多年以来，蛙镇征服了从外地赶来的所有饕客，每个来到此地的人都乐不思蜀，别人赶都赶不走。“怎么会才来一天就要走？”司机不解，“不会是那些东西不合你胃口吧。”

他在大半夜被我打扰毫无怨言，按他的话说反正他失眠已久，正好可以借机看看夜色中的蛙镇。自蛙镇繁华以来，他就很少半夜起来了，他还记得在此之前，他每夜都有散步的习惯，那个时候沿着一条山路慢悠悠地往上走，路两旁的树叶抖动着月亮的银光，目力所及之处，都是一些沉睡的夏虫与草木，“哪有什么跳跃的人？”他说，“我看你是青蛙吃多了出现幻觉了吧。”

他还在叨叨个没完，我本想让他闭嘴，但他的话却在无形之中让我平静不少。我从他的话中得知蛙镇的人大都罹患了失眠症，他们整宿整宿地睡不着觉，但却不得不躺在床上，因为外面噪音很大，就像有成百上千只青蛙对着喇叭在集体放歌，只有拉紧窗帘才能稍微阻挡这些噪音。千百年以来，当出现某些人类无法解释的怪事时，就会把希望寄托在神秘的事物上，这次也不例外，蛙镇的人请了很多“阴阳先生”。阴阳先生的穿着打扮像古人，但随身携带的手机和电脑又让人生出时空错乱之感。只见阴阳先生左手持拂尘，右手握手机，手机屏幕里显示的好像是定位的地图，随着身型的摆动，地图上的箭头也随之游动，就像一尾红色的蝌蚪。

他嘴里念念有词，对着蛙镇那座不高的山，最后随着拂尘的落地，“你猜怎么着，”司机故意卖了一个关子，“他娘的，原来手机没电了。”阴阳先生没了手机的帮助，连山所在的位置都搞不清了，这时人们才发现对方近视眼，正眯着眼睛试图找回山，但眼前见到的都是模糊的人脸，这些人脸好像在笑，在喊，在叫。阴阳先生拔腿就跑，还不忘丢下一句话：“蛙人来了，快跑。”笑声更大了。

“最后怎么样了？”我有点好奇了。

“最后还能怎么样啊？”司机说，“最后证明封建迷信害死人，还是要相信科学。”

“你觉得失眠症怎么回事？”朋友问。

说实话，我无法解答这个问题，我已经很久没失眠了，我现在格外怀念失眠的感觉。在我年轻时，我精力旺盛、思维活跃，每个晚上都睡不着，因为脑子里的画面在叠罗汉，一副一副接踵而来，总是让我彻夜难眠，有些时候，我临睡前必须要准备几张纸，好及时把这些画面记录下来，可惜手的速度远远跟不上脑子的运转，很多精彩的画面就这样失之交臂。“如果能全部写出来，我也不至于这么多年才写过一本书。”很多出版社在我的这句话面前纷纷打了退堂鼓。他们见过靠灵感写作的，见过靠收集素材写作的，就是没见过靠做梦写作的，“真是痴人说梦”。他们留下这句话后不久，我的经济问题就凸显了。我只好写些应景文换取些薄酬，勉强度日。

我无数次想再次失眠，但不管我白天饮多少咖啡，只要一沾枕头，马上睡得跟头死猪似的，雷都打不醒。“你认为蛙镇那些人都是作家？”朋友显然不信我的说法，“拜托，我们是在讨论严肃的问题，不要凡事都扯上你的过去。”

他教训的是，当我的睡眠愈发沉稳后，我逢人便诉说自己当年的光辉事迹，不是夸耀写作的速度，就是写作的产量。很多人见到我都唯恐避之不及，还没来得及跑的也会在我开口前对我说：“对啊，你当年写作速度和产量都是顶呱呱的。”然后就留下一脸惊愕的我一溜烟跑了。

“我们一起去蛙镇?”我提出了自己的想法。

朋友对我的提议不置可否，我总觉得他今天有些奇怪，至于哪里奇怪我又说不上来。以我对他的了解，他的话可从没有像现在这么少过。我们静坐无言，良久他才回道：“你真的要去?”

“只是去趟蛙镇，又不是赴汤蹈火。”我有点生气。

但他接下来的一番话却让我也不得不严肃看待此事了。

近段时间，社会上出现了很多怪事。很多从蛙镇回来的人都得了失语症，所谓的失语症就是不会讲话了，一开口就是呱呱声，很多医生都束手无策。科学家通过研究患者的血液细胞，意外发现竟有青蛙的 DNA，为此政府严密封锁消息，对外一律宣称：失语症是议论国是过多所致。但是罹患失语症的患者没再谈论国是后依旧未恢复人声，最后甚至连手脚都有蜕化成蛙腿的危险。不仅如此，他们的皮肤也变得像蛙皮一样黏糊糊，油腻腻，这是分泌出的黏液造成的。他们只好穿上之前滞销多年的抗辐射服，像个太空人那样出行，吃饭，逛街。

朋友为了证明自己的观点，列举了两个历史典故：

其一是“浣花女”，此女生活在唐朝，姓名不可考，居住的茅庐，背靠竹林，面朝溪水，有一座铺着鹅卵石的小桥通往溪畔。有一次在溪畔洗衣时，救助了一个遍体生黏液的僧人，还为对方清洗弄脏的僧袍。洗着洗着，就随手漂浮起朵朵莲花。

其二是“胖者流汗记”，话说在清朝有一个胖子，减肥靠流汗，但每天却照吃不误。在一个烈日犹如火球的夏天，他流的汗用木桶收集后称重发现竟有他自身体重的一半。冬天时，他把结成冰的汗水卖给别人当作来年消暑的冰块，然后把赚来的钱继续购买鸡鸭鱼肉。

“你是说这两个故事和当下有关？”我问，“我觉得最大的关联是故事里的和尚与胖子身上都会分泌出黏液。”

朋友摇了摇头。

“难道和尚与胖子是蛙人？”我说。

朋友点了点头。

“我不信。”我说。

朋友告诉我说，这两个故事是他以前当情报员的时候看来的，当初觉得这两个故事普普通通，并不稀奇，但跟现在发生的怪事联系起来，就看出点意思了。“而且两个蛙人的出现隔了千年左右，我们现在的时代距离清代也快一千年了。”他着重强调了这句话。但我却不太同意，我觉得这类故事应该很多，各个朝代都有，总不能见到一个流汗的人就说是蛙人吧。“你我现在要不是坐在空调吹着、冷咖啡喝着的咖啡馆里，照样会大汗淋漓。”我话还没说完，就从外面进来一个满头大汗的男人，“你看，又增加了一个蛙人饮咖啡的故事了。”我借机调笑他。

但我的朋友却没看我，而是死死地盯着刚进来的那个男人。我随着朋友的视线看去，很快吓得差点心脏骤停。

4

那晚我走在蛙镇那条山路上时，突然听到某处蛙声大作，比蛙镇任何一处蛙声还响。我循着声源走去，边走边心惊，一步一心跳。打小我就好奇和害怕一切未知事物，总要考虑很久，好奇才能战胜害怕，从而投入一片未知。我仰仗这种奇怪的胆量，进过墓穴，躺过棺材。墓穴里凉飕飕的，四壁长满青苔藤蔓，地上积了厚尘，脚踩在上面，会让自己变矮许多，手触到壁上，需要清洗很久才能洗干净手上的脏东西，眼前飘忽的奇异而又幽蓝的磷火，更是让我的心乒乒乓乓响。棺材已经空了，里面什么都没有，我趁没人注意，悄悄躺进去，像躺在冰窖里，每当空调无故毁坏的炎夏，我就格外怀念这口清凉的棺材。那是一次愉快的探墓之旅，同行的人大都止步于外，出来后，他们一个劲地问我有没有发现什么宝贝。“哪还有什么宝贝，宝贝都被盗墓分子洗劫一空了，只有一口棺材没抬走。”我说。

就这样，返程的路上我都在享受着旁人钦佩的目光。在他们看来，能躺死人棺材真不是一般人能做到的，而且我的外表看上去文弱不堪，手无缚鸡之力。真真让那些人高马大的北人汗颜不已。

但那天，只有我一个人，我给自己鼓了很久的劲才敢继续往前走。这座山不高，之前还有几棵树，现早已成了秃子，依据山上的石头判断，这座山的岁数不会太大，之所以年纪轻轻就谢顶了，可能真的因为日夜遭受蛙鸣所致。我来不及多想，就被眼前一口池塘吸引了注意，我从没想到这么一座荒山竟有如此洞天福地，只见这口池塘像个美人的樱桃小嘴，微微翕张着，我这才看清原来翕张的并不是池塘，而是池塘里的蛙。蛙有无数只，无数只蛙挤成一团，争相呼吸着不多的水分，蛙眼像未经雕琢的宝石那样黯淡无光，蛙身上分泌出的黏液让众蛙秤不离砣，唇不离腮。而且有的蛙身上的疙瘩好像也要被挤掉了似的。我从没想到，人类趋之若鹜的蛙，长相竟如此不堪。就在我意欲作呕之时，眼前的一幕更是让我差点吓晕过去。

事后我每每想起这一幕，不管我在做什么，都会感到一阵恶心反胃。而且还让我久药痊愈的晕车症又复发了。我居然看到一个蛙状的人正在下卵。我是看过青蛙产卵的。每年春天青蛙都会藏在池塘的荷叶下产卵，卵像珍珠奶茶里的黑珍珠，外面还有透明的黏液，遇水即膨胀，且彼此相连，结成一大团卵块，当卵黏成大团时，用手提起，好像拎起一大串珍珠。蛙卵孵化后，便是蝌蚪，蝌蚪的身体呈纺锤形，长尾像扫把星一样，不同的是，彗星在夜空拖着尾巴，蝌蚪在水里摇曳着长尾。更奇怪的是，每当蛙卵孵化成蝌蚪时，当夜一般都会有彗星划过。变成青蛙后，蝌蚪的尾巴就没了，肚里像一圈蚊香般的肠子也会消失不见。若是在别的地方看到蛙卵，说不定我会生出思乡之情，但从一个人的下体见到这些蛙卵，我觉得任谁都无法接受，还会觉得自己犹在梦中。

我很确定我不是在梦中，我当时踩在坚实的地面，却看到了在梦中都罕见的景象，我吓怕了，下意识地往回走，但那个产卵之人好像听到了动静，他/她转过了头，我从背后判断不出对方的性别，当其转身时，我发现对方还戴着口罩，身上也看不见一寸皮肤，我以为是月光不亮所致，但后来想想，对方确实把自己包得严严实实。

只是眉眼之间颇为熟识，似乎在哪里见过。但我来不及多想，对方正在追来，不，正在跳跃。已经来不及了，我长得瘦小不堪，一步跑不了多远，而且对方一跃就能跃出几十米，即使最擅长跑步的夸父也不过如此。我必须在对方追上我之前想办法逃生。就在我的脑子车轱辘来回转动时，突然下雨了，毫无征兆地下雨了，但味道很奇怪，不像雨水的味道，而且还有一股腥臭，用手摸发现黏糊糊的，像胶水一样。我赶紧跑，但脚却被这种黏液粘住了，无法动弹。我害怕地往后看，发现月亮被遮住了，对方跳跃中的身子遮挡了月亮光辉，而且还边跳边从嘴里喷射出这种绿漆似的黏液。

我被牢牢固定在原地，身边的黏液越积越多，看来我就算不被蛙人吃掉，也会被黏液窒息而死。就在我闭上眼睛准备摊手拥抱死亡之时，从头顶倾洒而来的黏液突然少了，我慢慢睁开眼睛，发现夜空还是那个夜空，星星还是那个星星，并未有什么黏液挡其光彩。我偷偷往身后看，眼前的一幕又差点让我笑抽过去。

这个蛙人以为自己跳跃能力很强，就可以有恃无恐地在半空中随意蛙跳，而且还一边跳一边喷射出恶心的黏液。众所周知，青蛙捕食时除了跳跃，舌头也很关键，舌头可以伸出老长，不是吃掉停在稻田里栖息的昆虫，就是吞掉在低空中盘旋觅食的蚊虫。这个蛙人，在喷完黏液后，也想伸出长舌，把我一口咽下去，却没想到由于跳得太欢了，跃得太急了，舌头非但没有瞄准目标，反而缠在了一棵枯枝上，现正张着嘴试图把舌头收回来。我赶紧脱掉鞋子，摆动手臂，撒开脚丫子死命跑。

跑了一会儿，我停下来看看蛙人有没有追来。为了让自己完全脱离险境，我在暗夜里学老鼠吱吱，学蛇嘶嘶，试图吓跑对方。我翘着耳朵听了很久，确认没危险了，这才躺在一旁惊魂甫定。待心跳平稳后，我掏出手机给那个三轮车司机打了个电话。

三轮车经过“稻花村”时，老板娘正在门外杀蛙，此时天已经快亮了。我看到老板娘脸上的口罩在漆黑的黎明时分也没脱下来，身上照旧包得跟茧一样，那只拿刀的手也戴了手套，浑身上下除了那双对我怒目而视的眼睛，看不到一丝皮肤。

我坐在车里脊背发冷，哆嗦个不停。司机很奇怪，这么平的地，车身怎么还会颠簸。他哀叹自己老了，蹬不动车了。车子很快颠出了蛙镇，陷入前方的薄雾中。我回头看到雾色中的牌坊，“蛙镇”两个巨锤状的大字慢慢通过上油的滑轮升起来了，挡住了旭日光芒。

5

我的朋友当情报员之时见惯了大风大浪，虽然我到现在都不明白聘期如此短暂的情报员上哪去见这么多大风大浪。但我的朋友告诉我说：“只要留心观察，生活中处处有风浪。”我刚开始听到这句话时觉得这厮故弄玄虚，但现在我却有点认同对方的看法了。

他被情报科解聘后，失落地钻进了地铁，在拥挤的人群中看到几个戴着黑色口罩的可疑男子，作为一个优秀的前情报员，他马上拿出电话拨打了情报科的告密热线。接电话的是那个年逾五旬、尚未出嫁的女同事。此人从小受的教育和大部分人一样，都是通过观看每日的特定节目来培养自己。他们并不知道这个世界之前受教育的地方其实是学校。大家所受的教育虽然都差不多，但只有这个令人敬佩的大龄女情报员立下一生不嫁的誓言，并严格地遵循至今。

女情报员接起电话后，一开始没听出是我朋友的声音。这种告密热线加上了特殊的材质，可以使人们的声音变形，此举是为了不暴露告密者的身份。我起初得知此事后，深感不解，每个人的手机号码都实名制了，即使改变声音照样还是能查到机主本人。但我的朋友告诉我说："很多人对此却深信不疑，并为情报科如此善解人意而大加击赏。"在我的朋友正确叫出对方的名字后，这个一生忠于事业的可敬的女情报员以为自己被监听了，表现得一点都不像一个优秀的情报员："对，我是。"电话那头我的朋友强忍笑意说："作为一个情报员，在任何情况下都不能承认自己的身份。"女情报员这才听出是我的朋友在恶作剧，说："你的工资已经结算了。"

我的朋友怕继续下去会忘了正事，于是正色道："我在地铁上发现了可疑分子。"后来，当几个便衣在被强制限停的地铁上抓住那几个口罩男时，发现他们和其他用戴口罩来抵御糟糕空气的人没什么区别。我的朋友见状吐了吐舌头，悄悄走开了。

"你看，一个情报员就要这样随时保持警惕。"他说。

"对啊，这样就能证明自己的技术有多拙劣了。"我反唇相讥。

但是这一次，却不由得我不信。我们坐在咖啡馆里喝着咖啡谈着天，突然闯进一个大汗淋漓的男人。这个男人体态臃肿，走姿鹅行鸭步，看上去走得很急，但实际上步履缓慢，像受到一股无形的阻碍。他走到吧台，身型遮住了那个可人的女服务员，要了一杯咖啡，挑了一个靠窗的座位慢慢喝。我看到那个两人沙发甚至还受不住他的屁股，空间狭窄，让他的呼吸有点急促。我的朋友为了证明自己那个朴素的观点，指着对方跟我说："你猜那个是不是蛙人？"

我没有回话，我的思绪还在蛙镇。我在想那天晚上是不是自己看错了，很多时候，我的看法常会改变。譬如我在午夜梦醒时分突然想起自己的身高，就觉得天要塌下来了一样，但翌日看到明媚的阳光又很快会让我恢复信心。心理医生的看法是：接受了不彻底之教育。换句话说，就是学艺不精。这是节目教育体制下的后遗症，若是教育彻底之人，就不会像我这样胡思乱想，只有教育不彻底者，才会每天生出各种奇奇怪怪的看法。我们从小接受教育的场所并不是在家里，而是在一个个鸽子笼般大小的网格里。每个天真无邪的小孩对应一个网格，网格不大，刚好能装下一个小孩。小孩在网格里除了盯着屏幕上的节目，不能乱动，也不能乱叫，只要乱动乱叫，旁边的按钮就会发出警报，这时座位就会下降，直到头顶也被网状的天花板覆盖为止。如果要解手，按下旁边绿色的按钮，就会有一个铁抓手脱下你的裤子，然后屁股下的座位就会变成一个马桶，完事后不会听见冲水声。说实话，在这样的环境下长大的我，一度变得乖巧听话，但长大后我无意间通过阅读被禁的史书后发现，原来我们这些人都被当成了试验的小白鼠。史书上记载了很多类似的事件。从那以后，我便怀疑起了这个世界。

每当我满腹狐疑的时候，我的大脑就会疼痛，甚至在最危险的时候，我的大脑都不是发出让我逃跑的指令，而是联想到一些无关紧要的事件，比如那天晚上在蛙镇时，我明明就快被蛙人吞噬了，但脑海却还在想什么青蛙产卵。“原来这一切都是教育不彻底所引起的症状”。为了不让自己胡乱思考，我只好每天去往咖啡馆喝咖啡，刚开始的时候，我对此疗法不以为然，以我有限的经验来看，咖啡非但不能安神，反而会使精神极度高亢。但医生再三保证，现在的咖啡经过改造后早没了咖啡因，而是添加了很多安定剂。就这样，咖啡喝得越多，我每晚睡眠就愈沉。

我的朋友见我又在胡思乱想了，赶紧让我把眼前的咖啡喝完。我从来没有问过他有没有类似的感觉。这个我只知其一不知其二的朋友，有时神秘有时平凡。让我愈发觉得自己并不了解他。他的童年，也就是他受教育的那段时间，对我来说是一片空白。但依照我自身的童年判断，他的童年应该也是待在网格中受教育。我们这些人的童年，不出意外，大抵还是相同的。但奇怪的是，他却从未跟我提过。喝完咖啡后，我想起自己还没回答他的问题，于是说道：“蛙人要是有这么大，就是蛙人统治人类，而不是人类统治蛙人了。”

我的朋友听完我的话后，盯着我看了很久，看得我都有点不好意思了，然后他长叹一口气道："没想到你知道了。"

"什么，我知道什么？"我感到很奇怪。

这时传来一阵强烈的腥臭，我不禁掩住了鼻子。我以为空气又到了敏感期。每隔一段时间，空气就会变得格外敏感，敏感期的空气脾气暴躁，口气污浊。一米内无法视物，人们呼吸不畅，常常迎面相撞，好不容易摸到室内，发现室内聚满了戴着好几层口罩的男女，额头还闪闪发光。呼吸科就这样戏剧性地成为了医院最赚钱的部门，一些花卉盆栽大棚，也为此赚得盆满钵满。但一些会散发出气味的烟囱，火葬场，都被勒令关了门。不过空气还是依旧每隔一段时间就会敏感。我在敏感期间，一般闭门不出，每当要出门的时候，都要提前掀开窗帘，依据窗外的空气能见度决定要否出门。在和朋友频繁见面的那段时间，空气变得温顺许多，没想到今天又故态复萌。

我从包里拿出五层防护口罩，还没戴上，就发现腥臭来自窗边。窗边那个臃肿的男人正在擤鼻涕，他面前的桌面很快堆满了废弃的面巾纸。擤鼻涕的声音很大，好像来自洞穴深处的轰隆声，而且每擤一次，他庞大的身躯就会震动一次，好像悬崖边一块摇摇欲坠的巨石。擤完后，他冲我们笑了笑，我看到他的鼻孔像双管猎枪一样大，而且鼻翼两旁还红肿不堪，我不禁冷汗直冒。他试图坐起来，但是他的体重没办法让他顺利坐起来，还是瘫在沙发上，那个可怜的双人沙发就快像弹簧一样，被压扁在地了。

我的朋友见状，想走过去看看，但他还没起身，一阵绿雨就洒了出来。我的朋友虽早不在情报科，但他却从未放弃成为一个三十一世纪福尔摩斯的伟大理想，在这个紧急关头，幸好那把从不离手的伞救了他，他及时撑开伞，挡住了这阵恶心的绿雨。雨哗啦啦地打在伞面，让伞重了很多，我的朋友不敢合伞，怕绿雨还会冷不防地下个不停，但他又很想看看这把他钟爱的伞成什么样了。气氛一时有点僵硬。

我的目光越过伞面，看到绿雨从那个男人嘴里不断吐出来。而且对方已经站起来了，正在往我这边走来。他全身的皮肤变得滑腻，而且还散发出难闻的恶臭，他的四肢好像也变成了蛙腿，仔细看还有蹼，就像我下海时穿的潜水服上的脚蹼。更可怖的是他的脑袋也正在变形，他的耳朵正在急剧萎缩，他的眼睛在睁大，鼻子变塌，嘴巴拉长，活脱脱就是一张蛙脸。我吓坏了，赶紧躲到桌下，发现很多想逃跑的人都立住了，被地上那些黏稠的绿雨粘住了。

我赶紧把口罩套在手上，压着口罩慢慢爬，准备趁这个蛙人不注意，爬出近在咫尺的门。门外有很多尚不明真相的群众，他们一脸严肃地路过这家咖啡馆，连头也没抬一下。再远处就是那座令我伤心的教堂。那天我跟我女友一脸幸福地步入教堂，没想到两分钟之后，她就丢下我夺门跑了，那个时候教堂里的五彩玻璃上反射着旭日光辉，她却偏向往阳光更热烈的教堂门口。我转过身看到一大片茂盛的白色，遮住了我的眼睛，那是她在奔跑之中掉落的婚纱。现在，在咖啡馆门外也有一大团炽热的阳光在燃烧，我只要跑出去，就能安全，就像我的女友一样，只要拥抱到了教堂门外的阳光，就能幸福。想到这，我铆足劲往外爬，咖啡馆里已经乱成一锅粥了，叫声、喊声占据着不大的空间，让这些嘈杂的声音来回盘旋，变得循环往复周而复始。

就快到了。我躲过了很多摔倒于地的身体，避过了很多高跟鞋、皮鞋的踩踏，正要爬起来开门的时候，却从我的身后传来一句让我脸红的话："瞧你，胆子跟针一样小，没事啦。"我慢慢回过头去，发现我的朋友衣衫不整地看着我，嘴角还有一丝嘲讽的笑。他左手拿着一个微型针筒，右手握着那把破伞，伞像一个被打过靶的靶子，满是洞。

那个吧台女服务员目睹了整件事的发生，对我的朋友崇拜不已，一个劲地要他留下联系方式。我在女服务员叽叽喳喳的声音中得知，原来在我躲在桌下试图逃跑的时候，我的朋友正跟这个蛙人进行着不懈的斗争，只见他在伞快失去抵挡作用的时候，及时用伞尖抵住了已经变身为蛙人的那个男人。蛙人的肚皮有青蛙的斑点，衣服也由于身体的膨胀而破裂了。朋友抵住蛙人后，从兜里掏出一个针筒，针筒里已经提前抽取了某种特殊药水。后来据他所说，这个针筒是他从一家医院偷来的，是为了对抗蛙人的。只要在每个蛙人体内打上一针，就可以让蛙人恢复成人。那个时候，我的朋友抱着试试看的心态，及时把药水注射进了蛙人的体内，没想到效果真的很好，蛙人渐渐停止喷射绿雨，蛙腿也变成了人腿，蛙脸也恢复成人脸的样子，最后变得比一只狗还温顺。

恢复成人样的男人一点都想不起刚才发生之事，不过他也为自己弄脏了咖啡馆而感到抱歉。女服务员已经把室内清扫干净了。整间咖啡馆除了我们几个，其他客人都跑了。“还没结账呢。”女服务员说，“这让我跟老板怎么交代？”我的朋友安慰她说一切损失算在他的账上。我笑了，这厮哪有什么积蓄，为了泡妞，真是什么大话都敢说。男人休息了几分钟后，气息平稳了许多，身上也没怎么出汗了。朋友给我使了个眼色，我刚开始会错意了，以为这厮让我去跟女服务员要电话号码，于是就壮起胆子走到她面前支支吾吾。直到听到身后的笑声，我才明白自己上当了，原来他在暗示我等会儿跟踪这个男人。

男人准备出门了。我们依依不舍地告别了女服务员，悄悄跟在了对方身后。我们最后跟着他来到了一废弃的工厂，这座废弃的工厂藏在公路旁。我从蛙镇回来的那天，通过两根高高竖立的烟囱，得知此地确有工厂。

6

这些年，我在每次追寻蛙人的下落时，都喜欢收集一些小玩意儿。其中有两件我尤为钟爱。一件是一面铜镜，背后有一只站在荷叶上捕食的青蛙，另一件是一个瓷器，刻有蝌蚪文。我一直不知道它们代表了什么，多年来一直想办法破译瓷器上的文字，请教了很多古文方面的专家，最后都一无所获。

铜镜是在深山老林的一棵树上发现的，瓷器是在深海的一艘沉没的古船上找到的。自从没有人能破译上面的文字后，我只好自学一些失传已久的古文字。而且随着研究的深入，我愈来愈发现现在所谓的考古专家的论调都错了，我对人类源于猿猴的观点不甚认同。就这样，我脑海里的疑问越来越多，但始终没有解决的途径。而且我看着身边这个世界，渐渐发现自己似乎生活在一片假象之中。

我发现，蛙人的出现绝非像我朋友所说，只是为了补充一些人力。如果真是如此，没有必要隐瞒这个消息，就像研制机器人就从来不会偷偷摸摸，既然都是人类发明的产物，毫无必要对前者藏着掖着。而且人类既然能发明出蛙人，一定有相应的防护机制，怎么可能让蛙人产生人类意识，从而在人类的眼皮子底下逃之夭夭。

这些蛙人体内都有一个发条装置，上紧发条后就会干活，发条松后就会停止。也就是说人类只要掌握了发条运行的规律，就能想停就停，想动就动。但最后居然还有两只蛙人不受人类控制，在军队的围剿之下逃走了。我觉得发条只是控制蛙人的方式之一，而不是最重要的方式。但我到现在都没找到控制蛙人的法宝到底是什么，解开这个悬而未决之谜的钥匙到底在哪里？

在我数次抚摸这面铜镜，用显微镜观察这个瓷器时，我心中的疑问就越来越多。但好在几天之后，我又生出了希望，我把希望都寄托在了蛙镇之旅上。但最后却由于我的胆小，只在蛙镇待了一天就匆忙离开了。离开那天，我在三轮车里平静下来后，仔细梳理这一天的所见所闻，倒真让我发现了几处可疑的地方。

小小的一个蛙镇，居然起了一座高大的牌坊，而且还是依埃菲尔铁塔的样子建造的。埃菲尔铁塔上也有很多滑轮装置与发条装置，每隔一段时间，就会有人乘坐电梯替换那些生锈的滑轮和发条装置，铁塔就这样平稳地屹立了几个世纪。除此之外，英国的大本钟上也有发条装置，虽然在这个现代社会，发条时钟已经落伍了，但还是每天准时报时，从不延误。对外的口径是：为了保护地标建筑。但我却觉得远非如此，因为在北京等一些东方城市，很多古建都拆毁了，拆毁的大部分是木制建筑，一些钟鼓楼却幸免于难。钟鼓楼上的铜钟现在虽然观赏价值多过实用价值,但谁能保证背后没有不可告人的秘密?

我隐隐觉得蛙镇的牌坊一定和这些国家的标志性建筑有所关联,但至于它们有什么联系,我一时又想不出来。而且蛙镇的牌坊,每当清晨升起“蛙镇”招牌时,就像一个巨大的铁锤时刻要落下来一样,而且上升的姿势像极了青蛙跳跃的动作,都是一蹦一蹦,一抽一抽的。我并不认为蛙镇的失眠症源于蛙鸣,有可能是那些发条装置发出的声响所致。至于那个“稻花村”的老板娘,更是让我感到奇怪。在大夏天里竟然还包得如此严实,就像穿着棉袄一样。

难道她是其中一只漏网的蛙人?

我被自己的设想吓了一跳,以至于浑身颤抖不已。三轮车司机越蹬越吃力,但他依旧不知道是我的颤抖延缓了他的速度,以为自己真的老了。他停到路边喘气,稍后点燃了一根烟。因为已经出了蛙镇,所以我并不着急,让司机慢慢抽完烟。在司机抽烟的间隙,我打量着这块贫瘠的土地,路两旁只有荒山和枯树,连行人都没一个。司机说几年前这里还是山清水秀,风景宜人,每到夏天都会有很多人慕名来此消暑。但不知道为什么,一夜之间山就变秃了，树就枯死了，而周边并没有化工厂。司机告诉我说，老板娘来这里后，这里的环境就慢慢起了变化，尤其她在山头挖了一口池塘，养了无数田鸡后，环境就变得更加恶劣。

“山上那口池塘是老板娘的？”我问。

“对啊。”司机说，“别家餐馆的蛙也是她提供的。”

司机的这番话让我确信了自己的推测：老板娘果真是蛙人。也就是说，老板娘有可能就是上次那个逃脱的其中一个蛙人。但还有一个哪去了？我问司机老板娘有没有丈夫。司机告诉我说：“只有她一个，没有相好的，很多人之前都想打她的主意，但只要见过她脱光衣服的样子，都吓跑了。”

“你怎么知道？”我问。

“我就是见过她脱衣服的其中一人。”司机说。

我让司机告诉我老板娘脱完衣服后的样子。司机以为我不怀好意，也抽起嘴角不怀好意地笑了。我马上解释自己并没有不怀好意，但又不敢说出自己的真实想法吓晕对方，导致越解释司机的笑声越大。笑得差不多了，司机才正色道：“老板娘脱光衣服后身材像搓衣板一样平，难怪要把自己包起来。”

这个回答我一点都不满意。刚想让司机继续说，我的电话就响了，是我的朋友。我只好让司机赶紧载我去车站。当我准备进站时，司机大声地告诉我说："老板娘的身体会冒汗。"其他乘客听见了这话，纷纷看向我。我瞬间无地自容，只好快速钻进车里，躲避那些人的目光。

下了高铁后，我的朋友已经到了。我把一路上的猜测告诉了对方。但他的反应却出乎我的意料，好像已经提前知晓了这一切似的。我们在去往咖啡馆的路上，见到了掩藏在路边的那个工厂。但那次我们没有进去。我们以为这是一个普通的工厂，没什么特别的。朋友在路上告诉他最近几天的发现。他告诉我说，社会上已经有人变成蛙人了，而且数量还不少。证据就是很多人即使不在烈日下，也会出很多汗。而且最近商店、电影院和一些超市的人都变少了很多。他查过人口统计局这半年来的数据，发现并未发生大规模的人口流失事件，也就是说这座城市的人口还和前几年持平，甚至还有增多的趋势。

此外，前往医院就医的失语症患者也越来越多，更奇怪的是，这些患者之后就消失了。而且这些患者都是一些偏好特殊食物的人，都是近段时间去过蛙镇的人。朋友让我最好也去医院看看。

“既然医院都找不出病因，”我说，“我去也是白搭。”

朋友点头称是。失语症患者刚开始是不会发声，说出的话带有呱呱声。他让我多说一点话，他好听清我的声音是否也有呱呱声。于是我一路上说个不停，最后让他不厌其烦，只好让我闭嘴。

“你真像一只聒噪的青蛙一样吵。”他感到哭笑不得。

这时朋友才停下来思考我刚才说的话，他虽然是一个过气的情报员，但对历史的了解并不在我之下。他对我这几年的思考成果颇为赞同，并说了一句让我大为惊奇的话：“谁掌握了历史，谁就控制了未来。”虽然如此，但他对那面铜镜和瓷器也不甚了然。我们的话题一时又陷入了僵局。车驶进市中心后，他说：“我们像不像发条青蛙。”我一时没反应过来，以为他在说我们也是蛙人，但听完他的解释后，我很快赞同了他的看法。

我们从小就被固定在一个预定的轨道，循规蹈矩地生活、学习、就业。就像上紧了发条的青蛙一样，蹦跳都要看别人的脸色。从这方面来说，“我们真的和蛙人没什么区别”。想起这些年由于偏离轨道所遭受的困厄,我觉得从古到今,任何一个试图打破现状的人都会被当成怪胎一样看待。我虽然表面上是因为没有思路而无法再出书,实际上却是我写的那些东西“不符合主流价值”。这是一个颇为严重的控诉,意味着你已脱离了主流人群,只能顾影自怜,无人赞赏。从这方面来说,我的朋友和我殊途同归。表面上他是因为暴露了国家的秘密而惨遭辞退,实际上是因为他无法认同情报科的工作而出局了。

“在这个国与国之间的界限早已不分明的时代,还要人为设置障碍,这本身就有违时代发展规律。”他好几次向我抱怨道。

但没办法,自己种下的苦果只能自己品尝,想要改变现状,只能热情地拥抱这个社会。我们都不是那种能轻易妥协的人,不然我们也不会成为莫逆之交。感怀身世加上满脑子疑问,让我们看上去更严肃了,只有偶尔的互相取笑、调侃能让我们找回一丝存在的乐趣。

我透过车窗看着两旁冷峻的建筑物,还有那些犹如木偶一样的人群。建筑物就像一个蚂蚁窝,我们这些人就像一只只蚂蚁,木然地走进窝里,为蚁后的生活提供必不可少的保障,而我们只能分得一些残羹冷炙。但最近甚嚣尘上的蛙人消息却有打破这种规则的趋势。报纸网络眼见无法再隐瞒下去，只好改变策略，自导自演一出出穿着蛙人面具的人跑到公开场合叫嚣的闹剧。

很多不明真相的人为此义愤填膺，誓死要捍卫自己宝贵的生活领土，不容异族染指，他们甚至还包围了大部分有“蛙”字的餐馆、书店和一些超市，勒令他们关门，滚出这座城市。我们停好车，从地下车库出来后，发现这种示威活动又开始了，这次是一家可怜的饮料公司，仅仅因为商标上有一个“娃”字。这出戏成功转移了群众的注意力，此后倘若再次出现真正的蛙人，也不会有人相信了。

我们坐在咖啡馆里，没想到很快就亲眼目睹了那个恐怖的蛙人。但我们知道政府很快会将此事压下去的。

7

据我所掌握的消息，我还是第一次得知蛙人通过注射某种药物后会恢复人身。朋友告诉我说，其实这些药物是蛙人自己研制出来的。因为现阶段蛙人还是属于一小撮群体，为了能正常融入这个数量庞大的人类世界，不得已研制出了这种能暂时变成人类的药水。也就是说，蛙人能成功地在人与蛙之间来回切换。

但是这种药物的配方已经被某些医院掌握了。我的朋友看过一张报纸。这张报纸上有一条普通的新闻：某地发生了一场大火，大火过后在现场留下了一些瓶瓶罐罐。报纸对这些瓶瓶罐罐下了一个不容置喙的结论：盛放腌制大白菜的瓶罐。现在回过头来看这条新闻，才发现里面大有玄机，很有可能这些瓶罐里装的就是那些特殊的药水。

朋友对此没有异议。我们跟踪对方来到工厂时，那两根高高的烟囱引起了我们的注意。现在已经很少有烟囱了，在数个世纪前，这种烟囱提供了社会发展所需的动力，但随着各种新能源的发现，很快退出了历史舞台。现在冷不丁地再次看到这个早已被历史遗忘的烟囱，我们不禁生出一种难以名状之感。工厂的大门上方有一行文字，蝌蚪状的文字，我们看不清楚。而且旁边的玻璃上还有一幅画：一只站在荷叶上伸出长舌捕食的蛙。我们凑近后，意外发现蛙捕食的居然是缩小了好几倍的人类。而且池塘底下都是一些漂浮的尸体。这幅画很模糊，但在我掏出的显微镜下瞬间清晰可见。

我们悄悄打开锈迹斑斑的铁门，尾随在蛙人身后。没想到进得大门，眼前的场景却让我们大惊失色。只见工厂内部的装置就像一个人体内部构造，从最顶端是一个脖子形状的传送带输送某些东西到肺部状的铁盒子里，再从里面输送到胃囊，再从胃囊滑到那个肛门形状的网格里。那个蛙人抬起网格，好像密密麻麻的蛙卵膜。再把网格放到一个通风口，我们吃惊地看到通风口里多了很多青蛙，而且这些青蛙马上变成了人，汇集到城市各个角落。

看到这个透明的人体内部构造，我们惊骇得下巴都快落地。这时，蛙人操起手机，发出呱呱声。蛙人已经恢复成了蛙的样子，在他自己的地盘，他不需要再伪装成人。我听不懂对方所说的话，但我的朋友却听得懂，这时我才觉得我的朋友真是多才多艺。但他却认为不值一提。解密蛙语其实再简单不过了，“我只花了一个夜晚就全部掌握了”。

朋友说，蛙人的话是说原料不多了。

我们抬起头，这才知道从工厂的脖子那端，是那些滑腻腻的黏液，仔细看甚至还有一些尸体残骸。我有点反胃。这时蛙人又说话了，蛙人让电话那头的人赶紧多送原料过来。蛙人没开免提，我们并不知道电话那头是谁。但很快，我们就能亲眼见到对方了。只见工厂屋顶很快开启了一个巨大的洞，从洞里跳进一人。此人蒙着脸，包着身子，竟是蛙镇的老板娘。我差点叫出声，好在我的朋友及时捂住了我的嘴。老板娘钻进洞里后，摇身一变，变成了一只蛙人，我通过她的背影发现她确实就是那晚我在蛙镇所见的蛙人。

老板娘也用呱呱声跟那个蛙人交流。

老板娘："呱呱呱。"

男蛙人："呱——呱——呱。"

我的朋友翻译如下：

"我不想再待在蛙镇了，我要时刻跟你在一起。"

"乖，再等一段时间，我们就可以光明正大地在一起了。"

朋友合上我的嘴巴，让我别吃惊。令我感到更奇怪的是，此地离蛙镇足有千里，怎么可能在片刻之间抵达？

朋友对此的解释是：蛙人超强的跳跃能力。

当初科学家研制发条青蛙后，为了不让这种生物最后超出人类的掌控，在每只蛙人体内植入了巨大的发条，只要每次跳跃的时间超过一定时间后，发条就会生锈停止运行,从而让发条青蛙成为一堆废铁,没想到人算不如天算,发条青蛙最后通过一些特殊的药水,不仅拥有了自主意识,而且还能反制人类。这一切的一切都源于那些被禁的史书。

“什么史书?”我问。

朋友告诉我说,人类之所以查禁那些史书,就在于这些书籍中藏着一个惊天秘密。我们人类的历史其实都是蛙类的历史,证据就是史书上记载的一些尚未破解的蝌蚪文。人类的始祖女娲其实是青蛙的始祖,而且女娲抟土捏的生物并不是人类,而是蛙类。蛙类世界曾一度高度繁华富强,之所以最后被人类统治,就在于青蛙繁殖能力有一段时间急剧下降,为了补充劳动力,青蛙科学家按照青蛙的样子,复制出了拥有五官、四肢的人类,没想到最后却让人类拥有了自主意识,从而控制了这个世界,让蛙类丧失了立足之地。当人类世界高度发达后,也遇到了之前蛙类世界遇到的难题,即劳动力不足。人类科学家翻阅史料得到了研制发条青蛙的灵感,不过也为此做好了两手准备:在青蛙拥有自主意识之前,先下手为强。

“没想到最后还是让两只发条蛙跑了。”朋友说。

"你是怎么知道的?"我问。

朋友说他之前也不知道,那些被禁的史书中支离破碎的线索并没有给他思路,我那面铜镜和瓷器上的记载也没给他灵感,直到刚才进这座工厂大门之时,在门外的蝌蚪文和那幅画面前,再加上进门后的这些见闻,让这些碎片化的线索一下子相连了,从而推导出了上面这个令人无法置信的结论。

"难不成我们还会被青蛙控制不成?"我并不相信。

"之前蛙类也不相信它们会被人类统治。"他说。

"那发条青蛙为什么要开餐馆,"我说,"要知道里面兜售的美食都是青蛙的同类。"

"贪欲,"朋友说,"蛙类知道人类最喜口腹之欲,这样就可以麻痹人类。"

朋友见我不信,继续说道,而且那些人吃了青蛙美食就会变成发条青蛙的同类,因为这些食物里面添加了一些特殊的、可以使人变成蛙的药物。这样,蛙类就可以加快速度夺回地球生存权。

"你的意思是人类的古建筑其实都是蛙类的遗迹?"我问。

朋友点了点头。

“那为什么还要留下一些有发条装置和钟鼓构造的建筑?”

“舆论造势,”朋友说,“一到恰当时机,就会有蛙人通过钟鼓通知世界上其他地方的蛙人。”

“现在都什么年代了,”我说,“蛙类的喉舌也太落伍了吧。”

这时我想起了在蛙镇时使用的翻盖手机和见到的凋落景象,才知道蛙人控制的蛙镇早已落后人类世界好多年。

“他们能这么快追上我们?”我问。

朋友白了我一眼,我只好闭上嘴。一股悲凉感很快弥漫了我全身。在这么危急的关头,政府不仅严格封锁消息,还极力炮制一副太平盛世的假象。我跟朋友说,要赶紧把这个消息告诉政府。朋友深以为然。

那一公一母两只蛙到现在也没发现我们的身影,还在忘我地甜蜜交颈。这一幕让我不禁想起了我那个负心的女朋友。没想到蛙类都比人类忠贞。

朋友很快掏出了电话,拨打了告密热线,接电话的还是那个女情报员。女情报员在得知是我朋友后,不由分说地挂断了电话,挂断之前还骂了一句脏话。

朋友随即又拨打110。但接电话的警察却以朋友恶作剧为由，让他立马去警察局一趟。对方还在电话里列举了这段时间接到的所有恶作剧的电话。比如有一个家伙说大象飞上天了，牛羊改吃肉了。“现在你这混蛋居然更无耻，竟说什么人类要被青蛙吃了。是你乖乖前来自首，还是我去铐你。”

眼见发条青蛙制造的蛙越来越多，密密麻麻快占据了整座工厂，我和朋友却束手无策，一点办法都没有。于是我们又赶紧掏出手机通知我们的亲朋好友，却伤心地发现，我们哪里还有什么朋友亲人，这些人早就跟我们划清界限了，而且就算打通了这些人还是会像上几次那样，认为我们的脑子出了问题，说不定还会送我们去精神病院，上次我们告诉他们这个世界要发生战争了，他们非但不信，还跟我们绝交了。

虽然上次我们确实预测失误，但这次可是亲眼所见，不可能再出错。遗憾的是已经没有人相信我们了。我看着手机里那个一直舍不得删的女朋友的手机号码，想了很久，终于还是拨打了，没想到是空号。

朋友和我相视一笑，笑得比哭还难看。我们只好悄悄退出工厂，发现那些发条青蛙摇身一变，都变成了人，甚至还跟我们打招呼。我们恨得牙痒痒，却又无可奈何。残阳如血，我们的心情也变得格外复杂，似乎还能听见千里之外从蛙镇传来的钟声，蛙人似乎要行动了。这时，我想起自己那本永远无法出版的小说，跟朋友说："你看我书里的内容都变成现实了。"

朋友看过那本书，但还是小心翼翼地跟我确认结尾，好像怕小说以悲剧结尾似的。

"最后地球毁灭啦。"我故作轻松地说，"不过好在太阳系其他星球上出现了生命。"

说完后，我感觉周身燥热不已，仿若置身熔岩，突然又感到手臂一凉，很快汗流不止。然后我就看到自己手臂上多了一个针筒。我慢慢恢复了平静，但意识却变得越来越模糊，最后好像睡在一张颠簸的船上。

8

我还记得自己那本名叫《发条青蛙》的科幻小说的开篇第一段：

"太阳系的九大行星是九个大小不一、颜色不

一、重量不一的齿轮，它们维持着整个太阳系的平衡。但最后却由于冥王星惨被降格成矮行星，导致太阳系的行星链失衡，使南极冰封千年的蛙人因此有了破冰之机，一场蛙人与人类之间的战争即将打响……”

在红蟹涧下半昼

索耳

在红蟹涌的下半昼

电视开着。这是一只简单而充满激情的黑色盒子。我穿着浴衣，坐在沙发上，翻着几本弗朗西斯·培根的画册，花生米在嘴里嚼出了一种我所意识到的最大的声响。时钟缓慢地指向下午一点。刚刚吃过了六只水饺和一条油煎金枪鱼，我准备洗个澡。等待浴室里热水器的加热过程大概需要十分钟。

阿瑞拿着吸尘器从我面前走过。过了一会她又转回来，对我说：

“抬脚。”

好。我把腿抬到了沙发上。她低下头，仔细地拨动手里的吸尘头，把沙发和茶几附近的地板清理干净。我留意到她位于后脑勺的绿丝绒发结，她几乎无论何时都戴着它，除了我们在床上光着身子的时候。说实话，我讨厌那个东西。

“好了。”她瞟了我一眼。

但是我没有恢复原来的坐姿。现在坐着的感觉反而比刚才更舒适。我接着往下面翻了几页，翻到一幅以橙黄色背景的、主体是一只垂下钟乳石般头颅的巨鸟的画作。巨鸟腹部下方直立着某种灯饰的基座，仿佛要把巨鸟托起。巨鸟悬浮在半空，地面上显现出它粗壮躯体的部分影子。我在这幅画上停留了半分钟。这时阿瑞打断了我：

“还看不看电视？”她说。

我抬起头，望向墙上那块银灰色屏幕，说：“不看啦。”

“那我关掉了。”

“嗯。”这次我头也没抬。

可是过了几分钟后电视依旧在发出声音。我反而不能把注意力放在画册上面了。一个淳厚的男中音在描述着某种东西，某种美丽而迷人的事物。我忍不住抬起头望向阿瑞，她也在仔细盯着屏幕，那上面红绿交错的荧光正反射在她脸上。屏幕上出现的是一片广阔的海滩，茂盛的红树林簇聚在弯曲的海岸线上，底下露出褐色的泥巴。伴随着解说，镜头逐渐延伸到海面，阳光平缓地渗进水里，耀目的各种线纹相互交叠而浮现。仿佛是鱼的影子。当然是错觉。接着摄像师像是坐到了快艇上，镜头里的景色开始流动，白色的波浪飞向附近的水面又降落。很快地我看到了画面上出现的黑色岩石，它们从海底伸出来，最高的有两层楼的高度，表面上长满了各种圆形的小坑，闪烁着橄榄色的光泽。快艇逐渐驶近，到了距离岩石还有两三米的地方，我们看到了一种类似铁线蕨的海草，密集地生长环绕在岩石四周，随后，更令人惊异的是，许多银白色的枪鱼出现在我们眼皮底下。它们处于海面以下十公分的位置，嘴巴咬住了海草的一端，一动也不动。仿佛它们一直保持这样的形态不会变化。解说员发出了惊叹的声音。确实是从未见过的景象。这时镜头朝向了另一队从对面的方向登上岩石的人员，多数是三十岁的青年人，身上挂满了各种钉钩。他们相互嚷嚷，庆祝胜利。

“这些人是谁？”阿瑞突然问我。

“大概是同一伙人，”我说，“跟广告团队一起的。”

“这个短片挺有意思的。”

“嗯，确实。”

就在我们说话间，这个旅游广告临近了尾声。最后屏幕上出现几个红色大字：魅力红蟹涌，一天好心情。红蟹涌，从未听说过的名字。我们搬来这里有五年了，大大小小的景点也都去过，我知道有上沙涌、珍珠涌、炎涌和六门涌，但是红蟹涌确实是第一次听到。

“你听说过这个地方吗？”我问阿瑞。

“没有。”

“我也是。也许是新开发的景点。”

“看起来不像啊。我意思是，它应该是个很受欢迎的地方。很多人知道，很多人去过。我不知道。看完这个短片总给我这种感觉。”

我能理解她说的这种感觉。一种被遗弃的感觉——对我们来说。“下次我们找机会去一趟就好了嘛，”我说，“反正我们有车。”

阿瑞点点头，起身关了电视。她走到茶几前面倒了杯水，喝下去，提着吸尘器走进了卧室。这时候热水差不多好了，我放好画册，走进浴室里洗澡。

半个小时后我洗完澡出来，阿瑞已经侧身在床上躺着了。为了不影响她，我在阳台上烘干头发。这时候我听到一阵隐隐约约的争吵声，我料想是从隔壁单元传来的，那里住着一对比我们更年轻的伴侣，经常开着窗户放比尔·埃文斯一九六二年的录音，也经常大声吵架。只不过这次闹的声响小了很多。我突然产生了一个奇怪的念头：或许他们发现了更适合争吵的场所，比如衣柜里面。

我从阳台走回卧室，在床边坐下。阿瑞突然翻过身来，对我说：

"不如我们明天就去，怎么样？"

"哈？"

"明天周日。反正我们都没啥事。"

"这么着急要去？"

"就怕忙起来就忘了。"

"好吧。"我冲她挤出一个笑脸，"那我来查查路线。"

接着我打开手机地图，输入"红蟹涌"三个字搜索，果真出现了相应的结果。地图上显示那个地方距离市区大约有一百八十公里，似乎是一个小镇。镇上还有同名的中学、小区以及饭店。乡村公路可以直接到海边。

"真的有这个地方。"我指着地图给阿瑞看。

她只是瞄了一眼，视线又转向了天花板。她睁大眼睛，眉毛上扬，一副满不在乎的样子。我知道每次她露出这副模样的时候就是在想事情。

“有心事?”

“今天早上。”她回答,“你妈打电话给我了。”

“啥事?”

“还能有什么事。从去年年底讲到现在,她说她要抱孙子。”

“哦……”

“她可是第一次在电话里跟我说这个事。”

“我知道,”我说,“以前都是打给我。”

阿瑞撇了一下嘴,又翻过身去,背对着我。她穿了一件草色碎花吊带衫,露出光洁白皙的膀子。我忍不住把手搭在上面。她细微地退缩了一下。我的手轻缓地在她的手臂上移动,她皮肤上的细小绒毛让我心里一阵发痒。我靠近她俯下身去,对准她的嘴唇吻下去。她用手环抱住我的脖子,腰部抵住我的大腿内侧,我们同时翻了身,我侧躺下去,小腿压在她的腿上。阿瑞一直闭着眼睛。头发披散着,柔软得像某种膏体。

我有些硬了。我从床上起身,在斗柜里翻出避孕套,给自己戴上。当我再次走近床边的时候,阿瑞突然坐了起来,后背紧紧地靠在床头板上。我看到她皱起了眉头。

“我今天休息。”她说。

“休息?”

“你真的想做?”

“也不是那么想吧。”我说。

“你要是真的想,”她看着我,“我可以给你口。”

“不了,”我把套取下来,扔进了垃圾桶里,“今天就算了吧。”

我们在床上继续拥抱接吻。当我吻着她腋下的时候,她发出了一种遥远而微弱的哼哼声。我把耳朵紧贴在她的乳房上面,那里则沉静、安稳,像一块人迹罕至的大陆。过了一会我们都睡着了,五个小时后才醒来,四周黑咕隆咚的。我做了一个梦,梦见我和一个陌生人坐在银白色的餐桌旁边,一切仿佛悬置在半空。周围飘过长着长睫毛眼睛的云朵。我们在等着上菜,等了好久好久,但是一直都没有结果。终于陌生人忍不住问我,你点的是什么,我回答说,点的是某种海鲜。他说,你点的是螃蟹。是嘛,我想了想,我忘记自己究竟点的是什么了,但是应该不是螃蟹。他看着我,说:螃蟹是不会来的了。他不管是表情还是语气都是不容置疑的样子。过了一会,突然下起了雨,头顶的遮阳伞叮叮当当地响。一些雨点飞溅到了餐桌上,一看,是几只蟹脚。冒着泡沫的蟹脚。螃蟹雨越下越大，陌生人站起身，嘴里的烟气冲我扑来，他拿着雨伞指着我说：时间很急迫。如果螃蟹还没有来，你我都得离开。后面他还说了点什么，但我都忘了。都是一些没有价值的话。

第二天我们吃了点荔枝酱和蛋羹就出门了。阿瑞抱着波兰斯基站在一棵石楠树下，等我把车从停车库开出来。在我们去之前还得解决宠物的问题。我的邻居们都不愿意接养一只猫。另一方面我们也不放心把波兰斯基放在他们那里。毕竟除了那对爱吵架的年轻情侣，我们跟其他人几乎都没怎么搭过话。

阿瑞上了车，她轻轻地捏着波兰斯基的耳朵，对我说：

“你朋友靠谱不？”

“行的。”我说。

“叫啥名字？”

“李国春。”

“以前没听你提过。”

“确实很少联系，”我眼睛瞟着天桥下的人群，说，“当兵那会儿他住我隔壁。他不爱说话。但是我们婚礼那天他来了的。”

“真的?”阿瑞吃惊地说,“我没啥印象。”

“他一个人坐在角落。”

“没人跟他说话吗?”

“我啊。我跟他聊了几句。当时你不在身边。”

“说了啥。”

“随便问问。当时他说要去国外待两年。”

“去国外干嘛?”

“不知道,没问。”

“两年……所以他现在是回来了吗?”

“是啊,前阵子他刚跟我联系。他就住在小晚岗那边。”

“那离我们也不远啊。”

“对。”

“他也养猫?”

“现在不知道,他以前养过。从小就养,家里一堆各种各样的猫。”

“不知道他会不会喜欢波波。”

“喜不喜欢都无所谓啊,”我说,“就让他帮忙托养一天。晚上我们就回来了。”

“波波不是那么讨人喜欢。它一定要别人蹲下来正对着它说话,在侧面说话它不理你,稍微偏一点都不行。”

我专心把车驶过一条狭长的弯道。阿瑞一边伸手调整着面前的空气清新剂，一边说：

“波波对陌生人很敏感，你知道的，每次有别人来家里做客，它都会用爪子追着客人挠。”

这些我当然知道。我把车停在李国春家楼下，然后给李国春打电话。过了一会，李国春从楼上下来，跟我和阿瑞打招呼。两年不见，他留起了胡子，身形比以前要瘦削得多。明明是大热天，他还穿着一件竖纹薄款毛衣。我和阿瑞下车跟他寒暄了几句。他话照样不多。我把波兰斯基从阿瑞怀里抱过来，转递给他，奇怪的是波兰斯基显得相当的温顺，眯着眼睛，懒洋洋的，像是还没从睡梦里醒过来。李国春用臂弯托住猫屁股，一只手轻轻摸着猫脖子，看上去挺熟练。我告诉他猫的名字叫波兰斯基。他笑了起来。很少见过他笑。因此我当时有点不知道该怎么反应。

“波波就交给我了，”他说，“我们会成为好朋友的。”

“谢啦，”我笑了笑，“改天请你去喝酒。”

“哈哈，说好了啊。”

说完他跟我们道别，抱着猫走进楼道里去了。

我们上了车，开出了大约一百米后，阿瑞突然跟我说：

“他人不怎么样。”

“不怎么样，是什么意思？”我说。

“不知道。感觉他冷冰冰的，对人没有一点活气。”

“他本来就这样。”

“不过，”阿瑞摇着头说，“波波应该会跟他相处得不错。我有这种感觉。”

我转过头去，刚好瞥见了阿瑞晃过来的绿发结。她双手交叉抱在胸前，在思忖着什么。我想她大概是想抽烟了。她烟瘾有点重。这个姿势表明她在抑制着自己。戒烟的日子里她坍缩成了一块灰色的贝壳。

接近中午时分我们抵达了红蟹涌小镇。我把车停靠在一家鹅饭店前面吃午饭。店面前方的凉棚上已经坐了一群人，穿着深蓝色的工作服，戴了橙色的帽子和白手套，年纪大多在四五十岁之间。他们在吃着面条。太阳像朵花卉在头顶炸裂。我和阿瑞走进店里，坐下，一种难以言述的沉闷气息向我们靠拢过来。跟店内逼仄邋遢的环境无关——我们待过比这个还要差得多的饭店，但是从来没有这种感觉。外边棚子底下的人们大声聊天，每句话都像嚎叫般地从那边传过来，可每次我侧耳想从里面听出个什么来，说话声就突然小了下去。他们大概在用某种方言交流。我们等了好一会，服务员才过来招呼，他把餐牌丢在我们面前。一张皱巴巴、脏兮兮的餐牌。我和阿瑞看了半天，拿不定主意点哪个菜。

“你们这有什么招牌菜不?”我问。

“没啥招牌的菜。”他回答。

“什么意思?”

“嗯……对不起，”他收起餐牌，翻了一下，说，“我的意思是，我们这招牌的菜没有了。”

“为什么?”

“没做了，食材不够。这半年来都没有海鲜了，附近所有的渔家我们都找过，都收不到。”

“渔家不去打渔了吗?”

“不是，”他说，“他们照常每天出去打渔，但是什么都没捞到。”

“有这回事?”我有点惊讶。

“是的，不过尽管如此，他们还是坚持每天都出海。”

“然后,还是没捞到。”

“嗯。”

“为什么会出现这种情况?”我说,“按理说不至于啊,海域那么大,总会有点东西的。”

这时外边凉棚下有人开始呼叫这位服务员(全店就这么一位服务员了)。他开始露出焦躁的神色,细微地上下屈伸着他的膝盖。回答我的问题的时候也显得心不在焉起来。“不知道,”他说,“好像一下子就成这样了。当然,有个传闻是这样说的,是螃蟹把这一带海里的其他生物都吃掉了。”

“这儿螃蟹很多吗?”

“它们都在海里。没有一个上岸的。”

“螃蟹难道不是海鲜?”

“当然不是,”他笑着,“你见过我们这儿吃过螃蟹?”

我不再问下去了。阿瑞在一旁安静地眨着眼睛,手臂依旧不自然地插在胸前。有时候她所显露出来的局外人似的态度令我厌烦。我点了白切鹅和米饭,刚点好餐,服务员就一溜烟地走掉了。等待的时间感觉有几个世纪那么漫长。突然来了一阵风,外边棚子顶端的帆布给刮得哗哗作响,一种雪白而狭长的屑状物均匀地从空中铺散开来,有一部分飘进屋里，掉在我们脚下。我脑海里浮现出昨天在电视里看到的画面：安详的午后。激荡的浪花每上升到一个高度之后就开始分解成更小的浪花。一直持续下去。直到整个屏幕被雪白的斑点布满。

我们吃饭的过程几次被店外嘈杂的聊天打断，他们当中有些人甚至把脚抬到了椅子上。现在他们说话的方式似乎没有那么让人费解了，尽管依然很粗鲁，但似乎换了另一种方言在说，或者是因为，其中一部分人说话的声音盖住了之前那批人的声音。这次我们听得很清楚，说的是东岸海湾大桥倒塌的事件。一个月前发生的事件。我们都很了解那件事情。起初我和阿瑞都没什么兴趣听下去，后来，有个人开始讲起他在船上近距离地观看到大桥崩塌时的场景。当那些车辆和人群从空中坠落的时候，跟蚂蚁从树上掉落没啥两样，由于没有什么能精准捕捉到它们的存在，它们在掉落的过程中像是在半空中静止了好一会儿。相比那些同样掉落的巨石和钢筋，它们不足一提。他话里大概是这个意思。

半个小时后我们吃完饭，告别了这家店和这群修桥工人们。我们直接朝着海滩开过去。沿路卫生所前面的铁门闪过跟我们方向相反的黄光。阿瑞突然在车里大声地咳嗽。

“早上起床前吃了两片罗红霉素。”阿瑞把车窗摇下，说。

“我没看见。”我看了她一眼，“你就喜欢一个人偷偷摸摸地做事。你以为很刺激。”

“我吃完早餐后吃的。你当时可能在喂波波。”

“我没有喂。我操，完全忘了这茬了。”

“你意思是今天波波没吃东西？”

“是啊。我忘了喂它了。”

“然后它糊里糊涂地就被我们送到了你朋友那里？”她声调突然提高，“怪不得它今天看起来那么反常。”

“怎么个反常法？”

“你不觉得它有点奇怪？”

“好像是有点，”我想了想，“因为它过于安静了？”

“不是。它的耳朵一直在动，你没发现？”

“没有留意。那是什么意思？”

“我跟你说过的。”

“真的不记得了。”

“还记得上个月你舅舅来做客时候的情形不？”

“我舅舅有来过我们家？”我说，“我只有两个舅舅。一个在兰州修电线,一个在美国。我已经有二十多年没见过他们了。”

“不知道是舅舅、叔公还是其他的什么了。快六十了,在乡下种香蕉的那位。”

“那是我姑丈。”

“对,戴着顶鸭舌帽。吃饭的时候也戴着,好像舍不得脱下来似的。”

“他头皮过敏。”

“那次波波跳到了他头上。”

“我记得。”

“波波很少那样做。它估计是闻到了什么气味,或者是,单纯地觉得那顶黄色的鸭舌帽很好玩。”

“不管怎样都不应该跳到客人头上啊。”我说。

“结果你把它揍了一顿。”

“我没有揍它一顿。我只是骂了它一顿。”

“我明明看到你踢了它一脚,别给自己辩护了。”

“好吧,你接着说。”

“你以前都没有揍过它,”阿瑞清了清喉咙,说,“那天晚上它一直窝在书房的蒲团上,一看到我过来就开始动它的耳朵。”

“我知道它很生气，”我说，“但是它应该受惩罚。”

“就因为它跟客人开了个玩笑？”

“玩笑？你怎么会认为那是个玩笑？”我大声地说，“我不明白你为什么老是简化那些原则性的问题，就因为你不喜欢或者轻视那些东西，你就可以随意判定它们吗？”

“恰恰相反，我觉得你的错误在于常常把事情复杂化。”

“捉弄一位长者，本身就不对。那可是我姑丈，小时候我跟他一起过了好几年，他就像我爸一样。”

“所以你生气的基础在于你和你姑丈的亲密关系罢了，”阿瑞说，“如果是别的什么客人就另当别论。”

“当然了，就像你一点儿也不在乎是因为你跟我姑丈一点关系也没有而且你讨厌他一样。”

“别给自己找借口了，”她笑了笑，“说到底，谁还会没有私心？”

我们沉默了一会。阿瑞把头转过去，注视着车窗外天边的云絮。这条沥青公路比预计中要长得多，沿路是一些弯曲的野坡和泛着银光的植被，每驶过一个电线杆就像从一个十字架前面走过。电线杆旁边并肩站立着政府鼓励生育的广告牌。

“好像要下雨。”阿瑞说。

“不会的。”我盯着前方说。

“我觉得会。你看这边，云开始爬过来了。”

“肯定不会下雨。”

“我有预感。每次要下雨的时候我就呼吸困难。”

我看了她一眼，仿佛是第一次听到这句话。她之前好像也说过类似的话，但是记不太清了。“算起来，”她接着说，“这次姨妈已经一个多月没来了。”

“迟了几天？”

“十天。”

“什么？这么久。”

“上个月 16 号来的，今天已经是 25 号了。”

“那值得注意一下了啊。”

“你说会不会有了？”

“怎么会。我们每次都戴了。”

“那不能保证一定不会有啊。”

“几乎不可能有。”

“要是真有了咋办？”

我没有马上接话。我在脑海里开始设想她说的那个情形（尽管这个情形已经被设想过很多次）。

一个像吹泡泡一样越来越大的皮团，最终嘭的一声爆炸。困虑仿佛尘埃，充斥着每个人被迫所处的圆形空间。

“顺其自然，没什么办不办的。”

“你也希望有孩子吗？”

“不想。跟你说过多少次了。”

“不知道，也许你改变想法了。也许，你一直对我瞒着你真正的想法。”

“我从来没有对你隐瞒过什么。”

“别以为我真的信。”

从下车点到海边隔着一块洼地。洼地的边缘有一片树林，有水泥小路穿过，我们沿着这条小路走过去，看到四周有几栋陈旧的木屋，立在隆起的泥丘上。沿路被打扫得很干净，树下有喷了红漆的垃圾桶。玫瑰花束被插在树干上的信件筒里。我和阿瑞走得很小心，好像怕打扰了谁似的。实际上周围一个人都没有。我们从林子的出口出来，灰绿色的海面就在前方。海水没有想象中那么干净，我们走近之后才发现。陆地和海水的连接带如同某种动物背上的粗糙皮壳，长条形的褶皱规则地排列着，向前后平缓地延伸。更远处，褐色的礁石从水面上鼓起，它们水底的下半身长满了海藻和苔藓。石头表面的孔道因吸附着水珠而闪闪发亮。我们沿着海滩走，我走在前面。我们打算走到那块海岬附近去，那里有一些低矮的白房子。尽管我们都不认为我们能走到那么远，最多走到一半的路程，我们就会放弃。渐渐地，我心里涌起了一股失落感。倒不是因为这里的景色跟电视上看到的不一样，而是另外一种失踪的理由，一种光秃秃的不在场感。某种事物似乎被从预设中抽离掉了一样。阿瑞渐渐走上前来，超越了我一个身位。我这才留意到她今天穿了一件大码的栗色哈伦裤，她很少穿太宽松的裤子，她很少大声说话。她很少走路太快。

后来我们发现了一条伸进海里的桥坝，很意外，我们都没有想到那里会修一条这么小型的桥坝。它几乎跟礁石合为一体，大概只容两个人并排走上去，分成前后两段，中间漏空了一大截，不知道是断掉的还是故意这么设计的。我先走了上去，阿瑞在我身后，等我从断口上方跨过，我回过身，接住她伸过来的手，把她拉过来。一个相当平常的动作，但是好像这个动作发生之后引起了我们身上的不适感。我有意识地给她让开一条道，让她走在前面。她装作什么都没有发生的样子，走到桥坝的尽头，转过身来。她并不是想看看我，只是一个固定的套路，这驱使她的目光投向背对海面的乡村公路。我盯着她，有点担心她会掉下去。我们两个人都不会游泳。底下海水的深度不至于一下子沉个人，但是掉下去就意味着另一种性质。我用脚尖把坝面上的一块石子踢走。它飞出去，像一个仰面向上的运动员尖叫着躺入水中。海浪一股又一股地冲击着坝底的砖块，在砖块周围散落并旋转着，泡沫顺着反弹的力度摇摇晃晃地飘开。波浪碎裂的瞬间有种炫目的白光，一闪而过，紧接着显露出硫磺色的中心来。我站在坝面边缘，朝下注视着海面，一块单调的、上下起伏的亚麻色幕布仿佛要从海底缓缓浮起。

“有人过来了。”阿瑞突然说。

我回过头去，往公路那边的方向望去。没有人。

“真的，”她说，“他们刚下公路，现在走到土坡了。”

她说得没错。他们很快就从土坡的一侧绕出来，出现在防护林的出口。四个人，穿着跟饭店里一伙人一样的深蓝色工作服，慢悠悠地往海滩这边走来。他们要去的是跟我们相反的方向。我和阿瑞在桥坝上往回走，走到沙滩上。这时我看清楚了他们其中两个人手里拿着一捆缆绳，有个人戴着墨镜，提着一只塑料箱子，看上去很重。他们看到我们的时候露出了奇怪的表情，大概是没有想到会在这里碰到其他人。我把他们叫住了。

“你们是做什么的？”我问。

“我们是修桥的工人，”戴墨镜的回答说，语气出乎意外地友好，似乎对这唐突的发问并不在意，“从市区过来的，要到葵籽坑去。”

“又有桥塌掉了吗？”

“对。前天塌的。”

“问你们个事情啊，”我说，“这儿能租到船入海吗？”

“你们干嘛去？”

“就到海里玩玩。”

“那边有渔民，你问问他们。”戴墨镜的伸手指了指远处海岬周围的房子。

我向他们道过谢，他们转过身准备离开。这时，阿瑞突然走到他们前面，拦住了他们的去路。我有些惊讶地望着她。

“打扰一下，”她大声地说，“请问你们谁有火？借我用用。”

其中一个手里什么也没有的人从口袋里掏出了火机。阿瑞从他手里接过火机，不知道从哪里掏出一根烟，叼在嘴里，用火机点了烟。她整个过程里都在看着那个人的脸。她把火机还给他，说了声谢谢。完后她给他们让开了道，并且朝我这边走过来。她的脸上挂着满足的微笑。

我们一起走了几十步远，直到把那群工人远远地甩开了，她手里的烟还没抽到一半。她每次只吸一小口，像是把它当做沙漠里的最后一杯水，舍不得一下子全喝光。拿着烟的那只手横亘在我们两人之间，间隔大概有三个拳头那么大，实际上来说，并不是因为这只手臂才使得我们相隔得那么远的。可我总觉得她是故意的（事实也很明显，她就是故意的），不管是这根烟还是这只雪白、干瘦的手臂。

"烟是哪儿来的？"我终于忍不住问她。

"在饭店里买的。"

"我怎么没有看到你买烟？"

"我趁你不注意买的，"她说，"你当时在店外面。"

"剩下的烟呢？"

"没了。只买了一根。"

"谁会卖给你一根烟？"

“不骗你。真的就只有这一根，抽完了就没了。”

“一定要抽？”

“忍不住了。”

“我不知道，”说这话时我眼睛望着前面的白房子，“一直以来，你抽烟的目的是不是为了抵抗某种东西。”

“什么东西？”

“生孩子。”

“不是。”她把烟头掷到地上。我笑了笑。

“你想多了。”她接着说。

后来我们走到了海岬附近的渔村，那里的海面上泊着两艘游艇。租赁游艇的人家就在路边，门前的柱子上拴着狗。老板娘在厨房的窗口旁边煮咖啡。老板在门前坐着，桌子上凌乱地散落着扑克牌，另外一个男人坐在他旁边，拨弄着他手腕上的银表。我们走到他们面前，询问一艘游艇的租金。老板把桌子上的牌移走，露出了垫在底下的一张塑料纸，上面写着价格，一个小时三百块。

“这么贵。”

“不贵了，”他整理着牌张，说，“现在打鱼的不景气，总得留口饭吃啊。”

“包导游吗?”

“有。”

“那行,”我说,“我们现在就出发。”

“你陪他们走一趟吧。”老板转过头去跟那个戴银表的男人说。

戴银表的男人默不作声地站起来,往海边游艇的方向走去。付清了押金后,我和阿瑞跟在戴银表男人后面,感觉他走路的姿势既僵硬又奇特。到了游艇旁边,他让我们俩先上去,然后他解开拴在木桩上的绳子,跳进了驾驶位。发动机开始呜呜响了起来。绵长的振动扩散到我们全身上下,让我们感觉自己的身体仿佛也同时击打着海面。当游艇进入大海,离岸大约有两百米远后,我们开始有点兴奋起来。阿瑞不停地转动着脑袋,左顾右盼,把身子倚在船舷上,一只手紧紧地抓着面前的铁杆,像个天真的小孩子。我靠着另一边船舷,探出头去看船底飞溅的波浪。直到此刻,我们才感觉到广告里的画面跟现实相互印合了起来。越往深海里去,海水的颜色变得越来越蓝,越来越干净。突起的波浪的背光面的两道坡脊,向不同的方向延伸着,相互交叉。阳光在浪面上被分解成无数个碎片,填满了坡脊线交叉形成的缝隙。海鸟贴着海面飞过,有的甚至从我身边溜过去，伴随着海风略带腥咸的味道。过了一会，浪头开始一个个地迎面撞过来，游艇也随着上升和下落，每次我们浮在空中，我们便放声大叫，哪怕我们喊得再大声，随即我们的声音便被下落的船身和浪头相撞所发出的巨响淹没。

“我们要不要去看看那些岩石？”阿瑞在我耳边说。

“什么？”我没反应过来。

“那些岩石！在电视上看到的。”

“对，”我说，“要去看看。”

“你去跟那个人说。”

“你觉不觉得，”我瞟了前面戴银表的男人一眼，“他有点奇怪。”

“他好像没跟我们说过一句话。”

“这是一方面。”

“他可能是个哑巴，甚至，可能耳朵也听不见。”

“不止这些。他看上去都不像个人。”

“那像什么？”

“我们很难跟他交流。”我说。

“你过去跟他说，叫他把我们带到那些岩石附近。”阿瑞催促我。

于是，我走到游艇前面去，站在副驾驶位旁边跟戴银表的男人说话。可是无论我跟他说什么，他都不理会，连看都不看我一眼。我跟他强调了三遍，终于放弃了谈话的可能性。我回过头去，看了一眼阿瑞，她也在睁大眼睛望着我。一股无名怒火顿时窜了上来。我朝阿瑞招手，让她过来。

“怎么了？”她走过来问我。

“他没理我。”

“为什么？难道他真的是个聋哑人？”

“不，”我控制着自己的怒气，“他既不聋又不哑，他只是在装样子。”

“你怎么知道？”

“绝对没错。”我说，“等下跟他说，要是他不把我们带到岩石那里去，我们就把他推到海里。”

“好。”

然而不管我们怎么说，请求也好，威胁也好，戴银表的男人始终一声不吭。他专注地盯着前方涌动的潮水，双手紧紧抓着方向盘，仿佛操纵这艘游艇已经成了他的全部。当我生气地捶打着座位背后的铁杆子的时候，阿瑞突然一下子跳到副驾驶位上去，然后对着戴银表男人用力一推，戴银表男人像一块轻盈的塑料泡沫，从窗口横着飞了出去，扑通一声掉进海里。

“难以置信,”阿瑞说,“他竟然这么轻。”

“你真的把他推下去了?”

“对。你会开游艇吗?”

“没开过,试试吧。”

我爬到驾驶位坐下,没花多久我就熟悉了操作。事情远没有想象中那么复杂。我用导航找出了去往岩石群的线路,并沿着线路开始行驶。系统上显示大概二十分钟就能到达。只要二十分钟,就能瞧见我们一直碎碎念的风景了。阿瑞倚在窗边,望着天边渐渐浮现的彩霞出神。通过一个海岬的时候,暮光正好打在她的脸上,整个场面的颗粒仿佛一下子浓稠了起来。

当我们到达岩石群附近的时候,整个天空的表面灿灿发亮,如同镀上了一层金箔。但我们知道在这之后太阳很快就要掉下去了。我们把游艇停靠在最大的一块岩石边上,准备登上去。

这时阿瑞大声地叫了起来:“看!白色的枪鱼,真的有!”

她用手指着岩石跟海水的交界处。真的有枪鱼。它们嘴里紧紧咬着海藻,在水面下整齐地排列,绕着大岩石形成一圈银色的鱼带。跟电视里所看到的一模一样。不管发生什么都不会改变这群枪鱼的队形。这些看起来都不像是真的。我们先后从它们上方跨了过去，顺着岩石表面向上攀援，花了很大的力气，最终才顺利登上了岩石顶端。我们坐着喘了口气，接着在四周走动，令我们失望的是，岩石上面并没有什么特别的景物。除了表面上长着的一层红白相间的苔藓。我们在上面转了一圈，意味索然，这时天色渐暗，我开始盘算着要回去了。

“那是什么？”阿瑞突然用手指着某个方向。

她说的是对面岩石侧面的位置。那里出现了一个直径大约有一米宽的洞穴，黑乎乎的，里面什么也看不见。

“里面是什么呢？”她说。

“不知道。也许有很多老鼠。”

她皱起了鼻子，说：“好恶心。里面应该有一些很奇特的生物。”

“史前怪兽吗？”

“对，这些岩石应该有好久好久了。”

“几百万年吧。”

“对，那时候的一些生物会躲进洞里面避难。”

“避什么难？”

“谁知道呢，地震、洪水、火山爆发啊之类的。”

“我觉得里面会有人。”

“人?”

“嗯,那种全身都是毛的人。他们在里面生活到了现在。”

“哪有人能在岩洞里活上这么多年?”

“说不定有呢。他们在岩洞里繁衍,创建了自己的文明和王国。我还读过一本小说,里面写了一群在地壳中生存的人类。”

“小说怎么能信呢。”

说话间,我捡起一块石头,朝着洞口扔了过去。石头直直穿过洞口,消失在黑暗的深处。阿瑞也学我捡起石头,扔进了洞穴里头。过了一会,我们突然同时感受到了脚下传来的一阵震动,相当细微的震动,一开始我们都以为对方没有感受到。

“好像有什么东西从洞里面爬出来了。”

“看到了。真的有。”

“红色的,只有巴掌大。”

“是螃蟹!”她尖叫了起来,“红色的螃蟹!”

她说得没错。一只橙红色的螃蟹慢慢地爬出了洞口。它稍作停顿,然后沿着岩壁朝下方爬去。紧接着,又有一只爬了出来,这次动作明显迅速了许多,它同样地沿着岩壁继续前进。还没等我们回过神来，第三只和第四只也出来了，渐渐地，洞口出现的螃蟹越来越多，它们活动的频率也越来越快，我们甚至看到，后面出来的螃蟹踩着前面的螃蟹，争先恐后地从洞口逃离。到了后来，汹涌而出的螃蟹把洞口都填满了。我们目瞪口呆地望着这一切。

“看下面，它们往我们这边过来了！”阿瑞说。

我低头向下一看，那些走在前面的螃蟹已经抵达了岩壁跟水面的交界处，它们正踩在枪鱼带的上面，往我们这块岩石爬过来。强烈的恐惧感传遍了我的全身。

“快跑。”我低声对阿瑞说。

我抓起阿瑞的手往回跑。顺着岩壁下来的时候我们竟然一点也不费力，就像坐着滑梯从上面溜下来一样。我们跳进了游艇里，我马上启动了发动机，飞一般地驶离了岩石群。阿瑞的后背死死地倚靠在座位上，咬着嘴唇，似乎还没从刚才的恐惧中摆脱出来。我回过头一望，刚才我们身处的那块岩石已经被许许多多流动的鲜红色块所占据。

我忘了后来我们怎么回到家的。不过事后回想起来，其实过程非常简单：我们把游艇开到我们停车附近的岸边，然后上岸，顺着树林的原路返回去，找到我们的车。这时候天色已经完全暗下来了，在车内黑暗狭小的空间里，我们几乎没有对话。两个近乎恒定的原子是不可能对话的。我们闭口不提一个令人沮丧的事实。我们去玩了一趟（我们干了一件大事）。

等到我们到达家门口，准备开门进去时，我们才记起来，波兰斯基还在李国春那里。

“明天再去领回来吧。”我说。

“不。现在就去，”阿瑞反对。

“那可是我们唯一的孩子。”她说。

爱恋摩牛

陈志炜

恋爱的犀牛

犀牛甲和犀牛丁在大街上跑累了。

也难怪，一整个下午，他们都在奔跑。他们沿着大街上奔流的风，撞碎街边连排的橱窗，玻璃细屑像雨滴一样飞溅，丝毫没有嵌入他们角质皮肤的褶皱——他们的背部，反射着锡白的光。

但现在他们累了，他们需要休息一会儿。

于是，犀牛甲率先坐到街边的椅子上。椅子本来就有些摇晃，被犀牛甲这么一坐，更是发出一声干涩的尖叫，直接坍塌在了地上。犀牛甲站起来，拍了拍雨披的裙摆，继续示意犀牛丁过来坐：

“没事，来坐会儿。”

于是，他们都坐了下来。

仔细看来，犀牛甲还是蛮帅气的。头发水淋淋地下垂，眼神温和、闪烁着不确定，鼻子细长、微翘，耳朵机敏，其中一边的耳垂戴了两枚耳钉。

他穿着犀牛雨披，帽子上的犀角已经撞得有些歪斜，但也不算破旧，还没到需要更换的地步。为了张扬个性，他还在犀角上套了一枚透明的安全套——不过尺寸过大，套在犀角上显得不伦不类，耷拉着、潮湿，仿佛蔫了的菜叶。

而犀牛丁则在角上涂了口红，鲜艳光亮，像是大汗淋漓。她的雨披里一定是暖的，一下午的热气混合着名牌香水，在雨披里凝结成细白的薄雾。细琐的水滴，凉丝丝地顺着她白皙的脖子，滑到胸口的缝隙里去了。

他们无所事事、日复一日，这个下午并没有比别的下午更漫长，或者更短暂易逝。于是，按照惯例，街道的上空突然出现一道细若游丝的烟，向大街尽头蹿去了。

“又要憋气练习了哦。”犀牛甲扭头对犀牛丁说。

犀牛丁从口袋里掏出烟盒，不置可否地点点头。她掏出一根烟给犀牛甲：“要吗？”

犀牛甲接过烟，点了起来。温吞的烟一阵阵地消散在头顶。

犀牛丁把多出来的香烟丢掉，在烟盒上戳了两个小洞，又从雨披口袋里掏出两根吸管。

“你要吗?”犀牛丁递了一根吸管给犀牛甲，“正好够两个人吸。”

犀牛甲皱皱眉头，把犀牛丁拿着吸管的手推回去:“算了。”

于是，憋气练习开始了。

在他们还不是犀牛的时候，犀牛甲曾是犀牛乙的男朋友。犀牛乙是个酸奶厂女工，小巧的下巴泛着苹果的光泽，马尾辫，身上有好闻的酸奶气味，整个人像是一个流动的酸奶罐子。

有一天，犀牛乙突然对犀牛甲说:

“我爱上了一头犀牛。”——声音甜甜的。

“真是对不起啊。”她的眼睛很大，但内里空无一物，似乎毫无歉意，“我很喜欢他。”

她喜欢的犀牛，当然就是犀牛丙。

犀牛丙是铆钉厂的铆钉工人，块头大得很，常常穿着汗衫走在街上。看他的眼神，好像要把任何挡道的人都用铆钉打在墙上。

“我是真的喜欢他。”犀牛乙说。

犀牛乙说着说着，就变得很委屈，好像是自己受了伤害，而不是她伤害了别人。她散发着好闻的酸奶气味，跑着离开了。

几天后，犀牛乙带回了一套雨披。犀牛雨披。

“我以后要穿着它上班，我也要变成犀牛。你懂我吗，我也要变成犀牛，和犀牛丙一样。”

那个时候，犀牛甲还是个文学青年（现在呢?），还是大学生，给街道上的无名小杂志写写稿子——写小说。犀牛甲只会写小说，别的任何文章都写不了。他心里很难受，对犀牛乙说：“我不会写情书，就写个小说送给你吧。”他想挽留犀牛乙。另外，他一难受就想写小说，这是习惯。就如同有些人一难受就犯困，就昏厥，一难受就咳嗽、恶心。

犀牛乙又甜甜地说：“好呀。”

她手里还不停地拨弄着新买的犀牛雨披，正正反反地翻个不停，像是在清洗某种反刍动物的内脏。

犀牛甲怎么也没想到，没过几天，铆钉工人犀牛丙就登门拜访了。犀牛甲的家门被犀角撞出洞来。犀牛甲打开门，发现犀牛丙似乎真的是一头犀牛。又或者是穿着犀牛雨披太久，塑胶与原来的皮肤已没有了界限，严谨而光滑地长在了一起，刀枪不入。

他的头顶长着两枚犀角，一大一小。大的那个上边，套着一枚巨型的安全套。纵使小的那个，也粗壮过犀牛甲的手臂。

犀牛乙穿着她的犀牛雨披，骑在犀牛丙的背上。

犀牛甲想起几天前，犀牛乙说自己曾与犀牛丙一起去看电影。犀牛甲觉得犀牛乙在说笑。“他怎么看得懂电影呢。”

“是啊，所以我还专门挑了一部科幻片呢。”

“科幻片？”

“是啊，讲史前生物的。”

“结果呢。”

“结果他还是睡着了。”

犀牛甲想嘲笑犀牛丙，但后来犀牛乙说，看电影的时候，犀牛丙一直在用犀角蹭她的脸。蹭着蹭着，就睡着了。之后，犀牛丙驮着犀牛乙跑进大街上奔流的风里，撞碎了一整条街的橱窗。他们在一家食品店的二楼过了夜。食品店里空荡荡的，大家都被吓跑了。（用犀角蹭脸来换取好感吗？在成为犀牛以后，犀牛甲回想起对方这样野蛮恶劣的行径，竟愤怒不起来了。因为人人都这样，他自己也做过。每个人都野蛮了，愤怒就失去了重量。）

犀牛乙骑在犀牛丙身上，对着犀牛甲大喊：“再——见——”

他们是来向他道别的。一头犀牛拐走了我的女朋友，他们竟然还有脸过来和我道别。还有犀牛乙，她竟然能喊得这么响，她怎么能喊得这么响啊。喉咙不会喊坏吗。好闻的酸奶气味呢——酸奶气味闻不到了，只有酸溜溜的汗臭混合着犀牛便溺的味道。

犀牛乙走后，犀牛甲就开始吃饼干。他要省钱，他也要买一套犀牛雨披。他给自己灌了满满一喉咙的饼干屑，上颚、牙龈，都被磨得生疼。他吃饼干吃到咳出来了，除了喉咙，还有气管、鼻腔，到处都是饼干屑。“我也要买一套犀牛雨披。”他想。

值得一提的是，即使没有犀牛乙，没有铆钉工人犀牛丙，犀牛甲也会走上攒钱买雨披的不归路。

因为犀牛界正在革命，整条大街的人都在变成犀牛。接连不断有犀牛部队来到大街上，他们在制造憋气练习。

“怎能允许人类这样没有肺活量的生物存在呢！”这话是犀牛老大说的。

犀牛们站成一排，用力呼吸，把街道的空气都吸入肺里，整条街道的氧气都稀薄了一层。（后来他们改造了街道上的抽水泵，让机器代替“人”工。）为了生存，街道上的人们纷纷变成了犀牛。他们购买犀牛雨披，冲撞橱窗，在犀角坏掉的时候更换新的犀角。

那些不愿意变成犀牛的人，在憋气练习的时候便借助一些小东西生存：烟盒、充了气的安全套、矿泉水瓶子。这是他们的氧气袋。有些人在成为了犀牛以后，仍保留了作为人类时的坏习惯（比如犀牛丁）。

人类没落了。至少是这条街上的人类没落了。愤怒将要失重，不道德的烟会横行在街上，一直到“道德”这个词汇都被遗忘。再也找不到人类了，再也没有文明了。（那时候他没有想到，有一天能和另一只伪装成犀牛的人类安静地坐在一起。）

犀牛甲攒够了钱，买了一套犀牛雨披。（他问犀牛丁，在睡觉的时候，你仍穿着犀牛雨披么。犀牛丁说，不。我会脱掉，会全部脱光。不然在梦里犀角上的口红会染在床单上。）

犀牛老大在喇叭中狂喊：犀牛！原始！野蛮！骄傲！嗥叫！喘息！奔跑！冲撞！占领！啊！全世界！

憋气练习结束了。

犀牛甲转头看了看犀牛丁，她已经把烟盒吸得完全凹陷下去了。甚至现在，烟盒仍在缓慢地扭动，愈加像一块失去水的抹布。

他于是长舒一口气，将方才练习时憋在肺里的烟长长地呼出。由于在肺里保存得太久，烟已看不出任何形而下的轮廓，更像是一阵荒芜的晕眩。

他摸了摸雨披犀角上的安全套，那是对铆钉工人犀牛丙的拙劣模仿。犀牛甲的雨披很便宜，是他拿稿费在二手商店买的。他的犀角细长，像一把裁胡茬的小镰刀，根本不适合与某物什搭配。

他太稚嫩了，直到变成了犀牛。犀牛哟，野蛮而原始的犀牛。他学着别的犀牛翻滚四蹄，与别人一起横冲直撞。

完事儿后，大家就靠在街角，一起抽烟。

温吞的、浓稠的、如饱嗝的烟雾，就在头顶一阵阵地消散。

犀牛丁把吸成干抹布的烟盒扔在地上，喉咙深处发出缺氧似的嗓音："你的肺都是黑的了。"

听到她这么说，犀牛甲愈发用力地把烟吸到肺的深处，心里却觉得很悲伤。

"是啊。"他想，"肺活量会越来越小。再抽，我就要在憋气练习里死去了。”

他又想：“但我的心脏还是好好的。”

犀牛丁缓缓地走在了街上，犀牛甲跟在后面。犀牛丁告诉犀牛甲，今天晚上，她要去找他的男朋友，犀牛戊。

那是她还是人类时候的男朋友。“现在，他都快不记得我了呢。”她说，“虽然我还常常去看他。”

“变成犀牛以后，大家的记性都在变差。我们在失忆。”她总结道。

犀牛丁越走越缓慢，盯着街道空白的天空看，像是盯着犀牛戊的脑海：他在渐渐失忆，成为一块空白的画布，颜料在蒸发。

犀牛甲很想对犀牛丁说，别去了。但他没有说话。

第二天，犀牛甲与犀牛丁又出现在了大街上。他们欢快地奔跑，撞碎一面又一面的橱窗。他们又来到昨天休息的地方。

奇怪的是，椅子已经被修好了。能看出修补的痕迹，想必仍是一坐就塌。出于某种正确，抑或偶然，他们选择坐在椅子边的地上。

这个城市到底是怎样运转的呢？犀牛老大到

底是个什么样的人物呢？椅子又是谁来修的呢？(啊，还有那永远擅不完的橱窗。)

犀牛甲脑海里浮现出这样一幅图景：

这里所有的街道，都蜿蜒汇集到一个购物广场，广场的喷泉开得极大，像是失控了一样，溅得整个广场的“人”都浑身湿淋淋的。当然啦，大家都穿着犀牛雨披。在这场莫名其妙欢乐的人工造雨里，每个人尖叫的声音都湿润得不可救药，雨披上溅满水滴。

憋气练习又开始了。

犀牛甲深深地吸了一口烟，滚烫的烟草顺着气管到达肺叶。街道上的空气渐渐稀薄，练习开始，时间凝固了。手指间的烟，火星变小，倏忽熄灭，变成一串急速向上的波纹。

他转头看见犀牛丁仍与往常一样，将烟盒吸得完全凹陷，没有表情。雨披里热气腾腾，看不穿她在思考什么。

也许什么都没想。

没有开始，也没有结束。无所事事、日复一日，没有比别的下午更漫长，或者更短暂易逝。犀牛甲心里想：

现在呐，我究竟是化作一阵属于人类的、不道德的烟更好呢，还是光溜溜地变成一声犀牛的嗥叫。

至于犀牛丁，她口红下的犀角从某个角度看去，竟损坏得厉害。在这样的时刻，她喉间泛起了一阵饱嗝。那是胃里升起的雾。

预言家族

石梓元 著

预言家族

在这座镇上，尽管夏天永远意味着乖戾无常的狂风。但是，那一年六月气候的盛怒却过于疯狂了。以至于二十年后，当镇上居民再次回忆起时，竟然认定它只不过是那场大雨留下的潮湿幻觉；并且，把我和那头神奇的造物忘得一干二净。

五月的最后一夜里，我妈妈在一连跑完七趟厕所后，推开我卧室的房门，虚弱地靠在门框上。双眼黯淡无神。那时我已经躺下了，正盯着天花板出神。十几米开外，我仍能清楚听见她肚子闹腾的咕噜声。她气息微弱地对我说：

“要下大雨了……它害我闹了一天的肚子了。”

她转过身准备走，突然又转过头来对我说："你起来把门窗都检查一次吧。不然明天雨会进来的。"我一动没动说："好的，我会去的。"

"还有个大东西也在来的路上呢。"听到这句话，我打了一个激灵，很快坐了起来，张开嘴正要问时，她就把门砰地关上了。

这真扫兴，我重新躺下了，暗暗琢磨这个词——大东西。会是什么呢？它会是一只印度大象吗，它是活的吗，还是死的，又或者是奄奄一息的呢？我猜不到，总之，我知道的只是它一定很大就对了，并且它一定会来的。

这大概是属于我们家族的遗传。我妈妈总能预感到将来。半年前她在剖一条鳟鱼时划破了手指，她怔了怔后告诉我，一大群怪胎就要来镇上了。果不其然，在半个月后昏睡症肆虐的那段日子里，无数害了怪病的人不约而同地挤破了鲁道夫诊所的门槛。

这种未卜先知的敏感在我爸爸身上体现得更为显著，他甚至能预见到除自己以外所有人的命运。不过他的脾性实在是太愚笨了。他本可以用这种本事大赚一笔，可事实上，他整日沉浸在廉价的博爱和同情里，为他眼中那些未来的不幸者，落下几滴石头般的苦泪。

相比，我妈妈就强硬多了。他们两人都看过我的未来。我妈妈说，在那她听见风声很响，我爸爸说，他可怜的儿子最后被风刮走了。我觉得我妈妈说得很对，因为银币被吹响时的嗡嗡声就和风声一模一样。而他，我的爸爸，不过是受下流的情感浸泡太久，所以天才都生锈了，导致他放眼望去时，就连自己儿子的未来也蒙上了不幸的蓝纱。他发疯是在情理之中的。哪怕他原来精于预言，没有一句话语不射中靶心。

最后那段日子里，他无休无止地啃咬着指甲，整日整夜地念叨着我的名字。终于，在某个平淡无奇的清晨，他跑了。什么东西也没带走。

我相信我妈妈。所以当她说出了“还有个大东西也在来的路上呢”，我确实开始期待那个大东西。然而有一件事我还想不明白，为什么我十七岁了，却还从未预言过一次呢。

我父亲出走那天，我和母亲站在门前，我靠在左门框上，她笔直地贴在右边站着。我问她：“妈妈，你知道他今天会走吗？”

“不知道。”她微微翘着头，盯着远方地平线上的某个虚点。

“为什么我还不会预言呢?”我边皱着眉头边搓手掌,问她。

她好像出神了,一直过了好久才回答我说:“过几年就会了。太早不是件好事。”

“为什么?”我急匆匆地问。

“因为你爸爸就是太早了。”她举起手来,似乎朝远方做了一个手势。

“他看到什么了?”

“九岁的时候,他看到,第二天会有一只受伤的乌鸦落在院子里。于是他就耐心等着,等它掉下来然后治好它。”她说着,边摇了摇头,“可乌鸦象征着坏运气。”

“所以说他疯了?”据她所说的,我得出了这个猜测。

她没回答我,转过身走进了屋子里。我紧追在她身后,问:“是这样吗?”可接下去的那天里,她一句话都没再说过。

第二天,公鸡鸣第一声时,雨就按她说的那样落下了,空旷广大,把整个镇子都罩住了。我和妈妈被锁在了屋里。她一直躺着休息,因为肚子闹腾得厉害;我没有地方可去,只好在屋里来回踱步:转完我自己的房间,就走到客厅里,接着推开书房门,念完所有书名后，再进到地板吱吱作响的储藏室里。偶尔透过母亲房门缝隙窥视，她始终在床上翻来覆去。

时间开始变得缓慢，我一次次在客厅的长椅上昏睡过去。可再醒来，时钟的指针还停在原地，纹丝未动。

晚上七点的钟敲完了，妈妈捂着肚子从屋里挪了出来。那时我正牢牢盯着一支快燃尽的蜡烛，无聊到研究烛焰摇摆的规律。

她问道："是不是到午饭时间了？"

她脸色发白，额头上挂着涔涔虚汗。我吸了口气，郑重地告诉她："现在已经七点了。妈妈。"

第三天，我是被落在额头上的雨点激醒的。天花板开始渗水。我下了床，却一脚踩进了水中。这时我才意识到，床已经从屋子的南角漂到了北角。蹚着水，我从橱柜上取下了一块油毡，把床顶上罩上了。那时，一只螃蟹的黑影在我脚边飞快闪过。

接下去的一整天里，我一直在清理自己的房间，徒劳地擦去墙壁缝隙里源源不断冒出来的水珠。妈妈则仔细打理着她的房间。其他房间：客厅、储藏室还有书房，它们原来都是爸爸头上的责任，现在他跑了，像个胆小鬼一样撂下了这摊子。

那么,这就变得相当棘手了。我和妈妈需要经过激烈争论,在威望人士的公证下,签订一份具有强制约束力的两人协议才能解决这个难题。在这以前,我们都不会去动它们的。

这绝非家庭问题,而是原则问题。没错,原则问题。

最先开始霉变的是书房。我爸爸在那待的时间最久,沉迷于毫无收益的书籍和文字抄写工作。或许这使得那间屋子本身也沾染上了爸爸软弱的脾性,因此它仅仅在第四天就扛不住了。我伸手刚碰上铜把手,整扇门就在一阵摧枯拉朽的呻吟中轰然垮塌了。我看见:整面书柜上长满了淡蓝色的蘑菇。

我妈妈被那阵响动吸引过来了,望着仅剩的门框,自言自语:

"蓝色可不是什么好兆头。"

我问她:"那个大东西到哪了?"

"快了,已经上岸了。"

说完,她肚子里发出了类似磨谷盘滚动的声音,接着她轻声补了一句:"这场雨可真难熬。"

后来我把两条椅子搬到了窗前,叠起来坐在上面看一整天大雨。我找不到什么准确的字眼去描述那种雨，只是无比困惑：这世上哪能放得下这么多水呢？直到第七天，我亲眼看到那个大东西时才终于恍然大悟。

晚上，我躺在漂动的床上无法入睡，长久沉浸在那种漫无边际的失重感里。

至于第四天、第五天还有第六天都发生了什么，我记不清了。因为日子间的界限被雨水一干二净地抹去了，连成了一摊难以捉摸的糊状物体。

有时，一本书在客厅的积水中幽然飘过，单词接二连三淀入水下；转眼间，妈妈又站在我身边了，满头虚汗，不停地哀怨："这场雨可真难熬。"更多时候，我躺在湿透的床上，忍耐着从胳肢窝和后背上钻出来的藤壶。

第七天我意识到自己已经很久没吃东西了。于是我下床去厨房查看食物。结果刚打开橱门，无数螃蟹落荒而逃，掉进了水里。橱柜里已是空空如也，这群趁着大水入室的窃贼没剩下任何东西。整个厨房填满了汩汩水声，到处刻着河流奔袭而过的图示，偶尔还能听见螃蟹们躲在角落里麻木而机械地转动眼珠。我一口气脱光衣服，摸遍了整间屋子里所有的水下角落，把那些口吐白沫的节肢动物全抓了出来，装满了一整个木桶。

我拖着木桶穿过客厅中的水域，它不停碰倒水下的家具。妈妈慌慌张张地从卧室里跑出来，披着一条毛毯。我刚把门打开一条缝时，一只白鸽就迎面而来飞进了屋，嘴里衔着橄榄枝。

“这是不是预示着雨要停了？”我问妈妈。转过头才发现外面放晴了。

“已经停了。我知道它只下七天。”她平淡地说，好像在讲述一个众人皆知的自然常识。

“那您怎么不早点告诉我呢？”我愤愤地推开门。然而，门外的场景却完全出乎预料，我没抓住盛满螃蟹的木桶，一时间，螃蟹全出来了。

可它们没有动，吓得僵住了，像石头一样笔直地沉了下去。

院子的积水里趴着一只我从未见识过的巨鱼，大到就快要把院墙给撑开了。我意识到，这就是我妈妈之前说起的大东西，我相信它很大，只是没想到竟如此之大。它浑身黑蓝，既优雅又美丽；它震耳欲聋地鸣叫了一声。我目瞪口呆，猫着腰小心翼翼地走近。它甩动尾巴，轻而易举把一侧院墙给打烂了。站在它身边，我俯下身，在出神中不停喃喃自语：“您叫什么呢……您从哪儿来啊……您……啊……”我鼓足勇气，试探性地摸了摸，可它皮肤那种冰凉滑腻的触感吓得我慌忙缩回了手。

“因为你没问过我。”妈妈说。她的声音比这条鱼还要冷。

两天后，大雨的积水就退去了。因此我不得不每隔半小时就引水来浸湿它，守护这份家庭财产。我母亲对此毫不关心，我一次次拎起沉重的水桶，而她只是沉默地注视而已，从不帮我一把。哪怕这份财产落在属于我和她两人的共有院子里，可要是她什么都不干，那么她就是等于放弃了这份财产，我不可能分她一杯羹的。这绝非家庭问题，而属于原则问题。

我们家院子里来了一条巨鱼的消息，很快在镇子上引起了骚动。观光者纷至沓来，他们还穿着睡衣，站在离它十米开外的远处，细眯着眼睛用余光偷偷打量，还掩着嘴巴压低声音窃窃私语。他们都要停留很久才离开，一边慢走，一边回头再恋恋不舍地多瞟上几眼。那些胆怯游移的眼神无一例外相似，我从中闻到了图谋不轨的硫磺味。这种刺鼻味道在门前的空地上方酝酿起来。

突然间，我浑身触电般猛然一颤。那一刻，我看到两幅图景：某个黄昏，这些人会拿着刀叉把这条鱼给吃个精光，只剩下一具光秃秃的骨架。而十年后，人们在走过这片空地时仍得牢牢捂着鼻子，因为这种硫磺味已经嵌进了石墙和大地的缝隙里。

这是我第一次预言，那时我十七岁。

我很庆幸自己没有像爸爸那样看见无关紧要的东西，更没有看见某种坏预兆。第一幅图景对我来说是个警醒，为了保护这份财产，我找来一根草叉，时刻攥在手里，亮给那些眼睛看。而从第二幅中，我找不到任何启示。因为打看到那条巨鱼的第一眼起，我就无比坚定地相信这个大东西会让我大赚一笔。到那时，我会搬离这个穷酸地，住进我爸爸本可以赚钱买下却错过的那种高宅里。到了那时，这片空地上过去是否有过、现在是否弥漫着、将来是否挥之不去的硫磺味与我没有任何关系。

那天傍晚，雅尼克神父带着他的两个侍童神色匆匆地赶来了，他拨开层层人群见到巨鱼后，发出第一声感慨就是："噢……上帝啊……"那两个侍童怯生生地躲在他的长袍后面，时不时探出头来瞄一眼。

"这东西散发着魔鬼的硫磺味。"他说完就在胸前画了一个十字。说完他提着长袍，远远绕开那条鱼走到我面前，对着我说："我的父神，请降临并保佑这个人吧。"

我没有理会他。然后他就站在我家门前，脚下踩着一大堆螃蟹尸体，对人群做了一次草率的即兴布道演讲。他劝告人们，这条鱼是撒旦的仆从，它借这种违背自然规律的庞大身躯，挑动意志薄弱者的好奇心，浓烈的硫磺味则是试探我们的工具。而上帝是不会允许这样的造物存在的。所有人应该尽快离开这里。

“……不叫我们遇见试探，救我们脱离凶恶……阿门。”他声色俱厉地用主祷文做了收束。然而人群仍旧无动于衷。在夕阳无力的映照下，他们看巨鱼的贪婪眼神反而变得更加直露了。

过了几天，一个马戏团闻风而至，它的连体双胞胎代理人找上了我。他们像极了，穿着一件特制的双人燕尾服，一样的声音、五官和发式，就连那撇精巧的细胡子也如出一辙。在礼节性的问候之后，他们齐声问道：“我很好奇，这只奇妙的大鱼是怎么来到这个内陆小镇的？”

“我也不知道。一场六天七夜的大雨过后，我一打开门，就看见它就躺在院子里了。”我说。他们在巨鱼身边蹲下来，彬彬有礼地请求：“请问我能摸摸它吗？”

“您请便吧。”对两个人说出您这个称呼让我觉得怪异,可考虑到他们也以我而不是我们自称,我便也认定这没有任何不妥之处了。

他们一起伸出左手,搭上了巨鱼的额头,随即猛然跳了起来,睁大眼睛对视说:“它可真冷。”

此刻,巨鱼鸣叫起来,这一声听上去远比之前弱多了,更像是某种哀求的无力呻吟。这位代理人从胸前的口袋里分别拿出两副眼镜各自戴上,问道:“我代表马戏团意欲购买您这只妙极的大动物,请问您愿以多少价格出售它?”

此刻,我突然闻到了一股浓烈的硫磺味。我侧过头,用余光扫了一眼母亲卧室的窗户。她果然正在窥视我们,眼珠像螃蟹眼那样机械地转动着。

他们满怀期待地盯着我,直到我对他们伸出了五个手指。

“五百塔勒?”他们的声音兴奋得发颤了。

“不。五千。”

从那天起,一场互不相让的强硬谈判就开始了。他们请出马戏团里的侏儒驯兽师和兽医为巨鱼做了一次彻底的考察,从头到尾,任何部位都不落下。当兽医结束了常规的外表检查后,想要测量它的心率,可那铜质听筒还没凑近,就被强大的心跳给震裂了口子;他还企图考察它繁殖的可能性,结果没能扛起那根硕大的生殖器，被压趴在地。最后靠五个健壮的飞人演员才把他解救出来。驯兽师去鱼市买来所有市面上的水生动物，结果它毫无兴趣，只对地上被吓得僵硬的螃蟹情有独钟。由此，他把螃蟹当奖励提在手中，引诱它做各种常见的驯兽表演，然而它不耐烦地鸣叫着，一边把表演器材全嚼碎了。

因此，他们无奈地得出结论：这条巨鱼除了难以置信的体型外，并不具备任何成为马戏团演出动物的资质。它完全就只是一只野兽。

连体代理人听到这个结论后，朝我摆了摆手，表示不能接受我的价格。

我反问道："可您还能从哪里买到这样的动物呢？"

他们语塞了，口齿不清地回答道："况且……呃……况且为它量身定制一个水族箱会是一笔相当可观的开销……嗯。这理应也计算进我的购买成本里。"

我思考了一阵，说："我会用数学结果让您不得不接受我的价格。"

"那您最好尽快，因为这个大东西已经奄奄一息了。"他们说完，就跳上了那架挂满流苏和玻璃吊坠的彩色游车，开走了。

接下去那天，我咨询了这片区域里最精确的测量员和最具天才的数学家的雇佣费，很明显，我支付不起这笔高昂的费用。

所以第二天一早我就带着工人来拆房了。除了母亲的卧室外，我打算卖掉所有东西，毕竟那是属于她神圣不可侵犯的私人财产。他们训练有素地分好组，开始工作。我最先看到屋顶消失了，然后他们把屋子里的家具都清空，紧接着地板被一块块抠出来整齐地码好。很快就完工了，负责人和我礼节性地握手后，就带着这座被分解成碎片的屋子离开了。拆房让巨鱼身上蒙着一层厚厚的灰尘。这些天来，它只是微弱地呼吸着。我打了一桶水浇到它身上，它纹丝不动。于是我弯腰摸了摸。它和原来一样，冷冰冰的。

“它死不了，它一直都这样冷。”我在心里暗示。

那时，我母亲醒来了，当她推开房门，发现客厅在一夜之间不翼而飞时竟然也怔住了。我站在原地，冲她喊了一句：“卖掉这个玩意之后，我会送你一套和原来一模一样的房子。”我刻意强调加重了“送”这个词。毕竟，这绝非家庭问题。而是原则问题。

“你只要一只脚踏出这个院子,它就死了。”她掖了掖从肩上滑下去的毛毯。我母亲总是冷,哪怕现在是六月,她也一定把自己裹得严严实实的。

“不会的。它一直就这么冷。”我自信能从那对连体人的裤兜里掏出那五千塔勒来。

“你会后悔的。”她不动声色地说。

“不会的!”我说完这句话,就站了起来,走到院子门口时,我的确犹豫了几秒,然而我还是坚定地迈出左脚,踏在了院子外的土地上。我回头望了一眼,那头巨鱼静静的,像一坨大肉块那样摊在砧板上。

“起码我还有自己的房间。”她说完这句莫名其妙的话,便回屋去了。我当时没有细想。直到几天后刮起大风时,我才终于明白这句话的含义。

我找到那位测量员和数学家,支付了定金,他们便扛起全套繁琐的测量设备和笨重至极的演算稿纸跟着我走了。路上,他们除了礼节性的问候外一言未发,我在心里感慨:这真是高超的职业素养。一到达院子,清楚了我的要求后,他们就开始工作了。测量和计算整整持续了两天两夜。最后在正午时分,那位数学家眼中布满血丝,得到了一张写有两个数字的简单结论。而整个过程用掉的稿纸直摞到了他的膝盖。

他清了清嗓子，宣布："借用测量员布冯先生提供的数据，结合当前形势下威尼斯玻璃的平价，将市场波动的可能性考虑在内。我计算得出，为这条大型鱼类动物建造一个性价比最高的水族箱将花费一百十七至一百二十九塔勒银币。"

"然后呢？"我迫不及待想听接下去的答案了。

"至于马戏团能在这个动物身上赚到多少利润。我参考了近年来马戏团门票均价和这片大陆上人口大致数量，评估教区对马戏表演发布禁令、恶劣自然灾害以及交通受阻的风险，大致估测这只动物的表演年限和食物开销……"他扶了扶单片眼镜，滔滔不绝地讲开了。各种坚硬的抽象名词砸在地上，像是在下冰雹。忽然一阵难以察觉的微风拂过，我闻到了一股腐烂的味道。

"我用数论推演出这只动物吸引观众的比例，那将会相当大……"他一口气说到这里，停下来做了一个深呼吸。我斜过头，发现它那双大眼睛已经浑浊不清了。

"请快直接说结果吧。"

"那将是一笔高达五万塔勒银币左右的收入。几乎等价于一艘六十四炮军舰，或者说一座……"

“我很满意您的答案。”我打断了他，把剩下的雇佣费结清了。于是他们扛起工具，头也不回地离开了。

“它还没死。它只是奄奄一息而已……毕竟它这么大啊……”我心慌意乱了，赶紧又摸了摸它黑蓝色的皮肤，“嗯。它还是湿的呢……它一直这么冷……它怎么会死啊……可这股臭味又是哪来的？”我忽然瞥见了地上横七竖八的螃蟹尸体。

“一定是这些螃蟹烂了。”我抓起草叉，把它们一只只叉了起来，丢到了院子外。可那股腐烂的味道仍没有散去。“这会成为他还价的理由。”我思考着，急躁地来回踱步，忽然想到一个主意。我跑到杂货铺，用剩下那钱全买了熏香蜡烛回来，点燃后插满整个院子，把它团团围住。

“只要这样，那连体双胞胎就闻不到臭味了。”我心想。

很快熏香弥漫开了，最后酿成一阵浓郁、无法阻挡的浪潮在镇上席卷而过。我抬起那堆演算稿纸，出门去找那位马戏团的代表。一路上，我看到人们穿着礼服，接二连三从自家走出来，一家人手挽手，对我相视而笑，脸上挂着难以自已的迷醉神情。我不知道他们要去哪里，可心里却莫名发凉。

我到达小镇南边那家旅馆时，没有看到他那架滑稽浮夸的马车。前台的侍者告诉我，马戏团的连体先生昨天就离开这里了，他给我留下一封信。我拆开了，信中没有称呼，没有问候，以潦草的字体写道："邻镇有人在大雨后捕到了一条人鱼，相比之下，你的大鱼简直无聊透顶，没有任何商业前景。"

我丢了信，魂不守舍地走出旅馆。外面起风了。我把那堆废纸丢在门外，现在那些数字和计算符号毫无意义了。

天色跳过黄昏，猝不及防暗下来。我听到岔路的转角背后，狂风在秘密酝酿，压抑着某种近似野兽咆哮的闷响。突然间，半空中传来一声尖利的猫叫。我抬起头看到，一只虎皮斑点的野猫骑在木桶上被刮上了天，越来越高，最后消失了。

"六月的狂风就要来了。"我心想。

整片天空前所未有辽阔，大风已经开始扭动它了。我加快了脚步朝家走去，那股熏香味不断变浓，我还听到一团越发清晰的欢唱声。在那个最后的拐角处，一群人潮汹涌而出，他们一边抹着嘴巴，脸上的五官扭成了一种既幸福又惶恐的矛盾状态。我终于想起了自己的第一个预言。

可太迟了。当我跑到院子门口时，只看到了一副硕大无朋的骨架，周围一圈撒满了刀叉。

一时间，整个镇子彻底静了下来。典型的夏季狂风要来了，所有人都躲进了自己的屋子，我也走到了自己房间里，可它光秃秃的，没有地板、没有墙壁，更没有屋顶。在强风中，我看到所有笨重的星辰开始位移、颤抖，那一道道闪着银光的轨迹勾勒出了歪曲的天穹。

我不得不敲响了母亲的房门，我知道要求别人的屋子借宿是原则问题，可我已经走投无路了。

"妈妈！"我重新这样称呼她了，大喊道，"刮风了！"

"我知道。"她淡淡地说。

"我能进来吗！看在我曾答应送你一套房子的份上！"

"不。这是个原则问题。"她回答我。

"那不是一笔小钱！一套房子！送！"

"可你现在破产了。"

"妈妈！"

她没再回应我。

我紧扒住门框，听见狂风四蹄下铁掌钉的铮响。它绕过所有分叉路口、转角和断头路，终于找到了一个无家可归者。我被刮上了天。身边盘旋着那具大骨架和数不清的刀叉，它们在月的冷光下时明时暗，发出冰块般冻僵的戾鸣。我低头俯视，得见小镇的全貌，它强硬耸立在这片夜幕紧闭的广阔大陆之上，仿佛一座铁青色的大理石山峰。

此刻我领悟了自己的第二个预言，才终于明白这个冰冷的小镇注定无从改观了。

图书在版编目（CIP）数据

那些忧伤的怪与兽/零杂志，押沙龙编．— 上海：上海文艺出版社，2018

ISBN 978-7-5321-6551-3

Ⅰ．①那…　Ⅱ．①零…　②押…　Ⅲ．①短篇小说－小说集－中国－当代　Ⅳ．①I247.7

中国版本图书馆CIP数据核字(2018)第092093号

责任编辑：崔　莉
装帧设计：李　扬
责任督印：张　凯

书　　名：那些忧伤的怪与兽
著　　者：零杂志&押沙龙　编

出　　版：上海文艺出版社
出　　品：上海故事会文化传媒有限公司
(200020　上海市绍兴路74号　www.storychina.cn)
发　　行：上海文艺出版社发行中心（上海市绍兴路50号）
印　　刷：上海中华印刷有限公司
开　　本：889×1194　1/32　印张6.5
版　　次：2018年6月第1版　2018年6月第1次印刷
书　　号：ISBN 978-7-5321-6551-3/I·5216
定　　价：28.00元